인생은 이상하게 흐른다

인생은 이상하게 흐른다

박연준 산문집

ᄃᇹ

2부　　**속아도 꿈결**
　　　　속여도 꿈결

1부

이제 어떤 키스가
내 입술을
벨 수 있을까

이마에 사는 물고기

정확히 언제인지 모르겠다. 기어다니거나 한두 걸음 뗄 수 있을 무렵이었을 거다. 넘어져서 이마 한가운데 1센티미터가량 되는 상처가 났다. 나는 해리 포터도 아닌데……. 기억나는 것은 할머니가 어린 나를 끌어안고, 이마 위로 흘러내린 머리카락을 손으로 쓸며 했던 말이다. 내게는 아니고, 다른 누군가에게도 아니고, 그저 혼자 중얼중얼하던 말. 마음에 둔 누군가를 향하듯이.

"외할미에게 보내났더니, 계집애 이마를 이렇게 해놓고……
불쌍한 것."

할머니가 자애로운 손길로 내 얼굴과 머리카락, 이마를 쓸어주는 게 좋았다. 마치 내 존재 전부를 쓸어주는 것 같았다. 가능하다면 더 불쌍해지고 싶었다. 할머니의 주문 같은 말이 멈추지 않길 바랐다. 행여 주문에서 풀려나 할머니가 손길을 거둘까봐, 눈을 감고 더욱 불쌍해 보이도록 입을 삐죽 내밀었다. 그후 오랫동안, 할머니는 내 이마를 짚어줄 때마다 이가 살짝 나간 그릇을 만질 때처럼 혀를 찼다. 나는 사랑받고 있다고 느꼈다. 사랑에는 언제나 한 방울의 연민이 포함되기 때문이다.

이마에 흉이 생기고 인생이 바뀐 건 사실이다. 이러저러한 일들이 많이 일어났으니까. 이러저러한 일들. 그건 삶의 축약이자, 시간의 외투가 될 수 있는 말이다. 시간은 웬만하면 외투를 벗고 싶어하지 않는다. 외투를 벗으면 많은 것들이 함부로 쏟아져나올 수 있으므로.

글쎄, 신이 기르던 물고기 한 마리가 '굳이' 내 이마에 살기를 원해서 이렇게 됐다고 상상한다. 신이 빚은 별난 물고기, 별난 신의 물고기. 그 심술 탓에 이러저러한 일들이 이러저러하게 일어났다고. 누군가의 장난에서 모든 게 시작되었다고. 나쁜 일이든 좋은 일이든, 신상에 변화가 있을 때마다 이마 위 물고기를 만져본다.

진정해. 날뛰지 마렴. '마렴', 이건 무슨 주문 같잖아. 어쨌든 주문을 왼다. 이제 할머니는 사라졌으니까. 혼자 이마를 짚어보며 중얼중얼, 주문을 외야 한다.

　이마 가운데 신의 장난감이 산다.
　모든 흉터는 내 안에서 신이 될 수 있다.

누가 나오겠다는 오줌을 말릴 수 있나요

그것은 갑자기 찾아온다. 아니. 실은 무거운 치맛자락처럼 나를 둘러싸고 있었으나 알아차리지 못했을지도 모른다. 모른 채로 있다 '갑자기' 묵직해졌다는 사실을 깨닫는 것이다. 요의! 오줌이 마려운 것을 능동적으로 느끼는 상태. 단언컨대 내 인생은 오줌이 마려워 동동거리며 화장실을 찾는 일을 반복하다 저물 것이다. 하!

초등학교 저학년 때까지 나는 좀 별난 아이였다. 친구가 내 컵에 담긴 물을 마시면 그 물은 더이상 마실 수 없는 게 되었다. 사실 '물'을 싫어했다. 물고기 냄새가 나서 마시지 못했다. 수돗물은 찜찜했고(생수가 나오기 전이다) 보리차는 그나마 괜찮았지만, 컵 바닥에 보릿가루라도 떨어져 있으면 마시지 못했다. 밥상에서 식구들이 물을 마실 때 나 혼자 오렌지주스나 사이다 따위를 마셨다. 나쁜 습관이라고 핀잔을 들으면서도 그랬다. 땅은 물론 상 위에 떨어트린 음식도 먹을 수 없었다. 떡볶이와 자장면, 부침개, 군만두, 김치를 싫어했다. 자극적이거나 기름 냄새가 나는 음식을 못 먹었다. 입덧하는 사람처럼 구역질을 했다. 게맛살, 옥수수, 복숭아처럼 부드럽고 순한 것만 좋아했다. 스무 살 이후로 편식이 없어졌지만, 어릴 땐 못 먹는 게 저리 많았다. 대머리처럼 보일 위험이 있는 민자 수영모는 절대, 절대로! 쓸 수 없었다. 꽃이 가득 달린 (촌스러운) 수영모만 썼다. 초등학교 1학년 때 수영장으로 실습 가기 전날, 아버지가 민자 수영모를 문방구에서 사 왔다. 대성통곡했다. 대머리처럼 보일 거라며 울부짖었다. 두어 시간을 울고 난 후에야 문방구에 가서 꽃이 잔뜩 달린 수영모로 바꿀 수 있었다. 다음날, 수영장에서 많은 아이들이 민자 수영모를 쓴 것을 보고 조금 놀랐다. 송충이가 득실득실 떨어져 있는 가로수길은 가지 못했다. 꼭 가야 할 경우엔 울면서 걸었다. 온갖 곤충을 무서워했다.

사실 나는 세상이 무서웠다. 나를 지켜줄 수 있는 사람이 없다고 생각했을까? 할 수 없는 일, 하면 안 된다고 생각한 일이 너무 많았다. 여기까지 쓰고 보니, 당시 나는 정서적으로 문제가 많은, 치료가 필요한 아이였는지도 모르겠다.

두려움이 많은 내가 특히 어려워하던 일이 있었으니 바로 공중화장실 사용이었다. 공중화장실은 내가 '절대' 사용할 수 없는 것 중의 하나였다. 그곳에 들어가기 싫어서 오줌을 참을 수밖에 없었다. 4교시 수업만 들으면 정규수업이 끝나던 저학년 때도 오후 1시가 넘어야 집에 갈 수 있으므로 문제였다. 하굣길엔 언제나 오줌이 마려웠다. 미치고 팔짝 뛸 것처럼! 오줌이 급한 적이 얼마나 많았던지. 나는 거리를 달려가다, 돌연 멈춰 서서! 꽈배기처럼 다리를 꼬고 참았다, 다시 달리다, 조심조심 걷는 짓을 반복했다. 멀리서 보면 꼭 미스터 빈처럼 보였을 거다.

대문 앞에서 더 참지 못하고 바지에 오줌을 싸는 일이 빈번했다. 늘 혼났다. 모자란 아이 취급을 받았다. 아무에게도, 정말 아무에게도 내가 화장실을 (무서워서) 가지 못한다는 말을 하지 못했다. 어른들은 더 화를 낼 게 분명했다.

한번은 혼나지 않으려고, 골목을 잘 살펴보고는 대문 앞에서 바지를 내리고 오줌을 누다 동네 오빠 셋을 한꺼번에 마주친 적도 있다. 나는 1학년, 그들은 6학년. 까놓은 내 엉덩이를 보며 그들이 키득거리는 동안, 나는 눈을 질끈 감고 수모를 감당해야 했다. 대문 앞에 검고 축축한 지도를 그려놓고 무거운 발걸음으로 집으로 들어가거나, 축축한 바지를 부여잡고 들어가거나, 화장실을 찾아 '난리부르스'를 추며 들어가거나. 그래야 했다.

다행히 성장하면서, 이 모든 것(스스로 금지한 것들, 공포에 가까운 감정)을 차근차근 극복했다. 누구의 도움 없이 잘 해냈다. 지금은 별문제 없는 어른이 되었건만, '요의'에 대해서라면 아직 완전히 자유롭진 않다. 그것은 정말 갑자기! 찾아오니까. 에피소드가 많다.

어느 겨울, 함박눈이 내리고 내리고 또 내리던 밤이었다.

나는 서른을 내다보는 다 큰 처녀였고, 옆에는 내가 꽤나 좋아하는 분이 계셨다. 함께 택시를 타고 다른 장소로 이동중이었다. 갑자기 요의를 느꼈다. 택시는 눈 내리는 서울 시내를 가고 있었고, 밀렸고, 우리는 조금 취해 있었다. 방광이 참을 수 없다고 항의를 해왔고, 나는 창피함을 무릅쓰고 화장실을 가야 한다고 말했다. 작은 목소리로. 동행인과 택시 기사가 모두 "좀 참으세요"라고 말했다. 참았다. 그러나 (아시다시피) 참는다고 참아질 내 오줌보가 아니지 않는가. 10분가량 지나서, 나는 당장 차를 세워 달라고 외쳤다. 화장실 가기 전의 마음이라니, 누추하고 가련한 영혼이여.

기억난다. 나는 아주 높은 빌딩(무슨 호텔 건물이었던 것 같다)의 주차장으로 달려갔다. 동행한 분께는 멀리 서서 망을 보게 해놓고, 나는 눈 쌓인 주차장의 차들 사이로 달려갔다. 밤과 대비되어 유난히 흰 눈밭에 앉아, 나는 어린 날에 그랬던 것처럼 엉덩이를 발랑 까놓고 오줌을 누었다. "이쪽으로 절대 오지 마세요! 망 잘 보세요!" 이런 격 떨어지는 소리를 저 사람에게 하고 싶지 않았는데…… 하고 말았다. 오줌을 오래 참아본 사람은 알 것이다. 오래 참았다 눌수록 오줌은 느릿느릿, 항의하듯 천천히 나온다는 사실을. 찬바람이 엉덩이 위로 지나다니고, 마음도 휑하니 뚫린 것 같았다. 내 모든 가련한 시절이 눈밭에 풀어지는 것 같았다. 멀리서 등을 돌리고 망을 보는 사람. 저이를 나는 오래전부터 퍽 좋아했는데. 하필이면 이렇게 눈 오는 낭만적인 밤에, 함께 택시를 타고 가다 오줌을 눈다고 이 야단이람. 부끄러웠지만 오줌이 더 급했다. 오, 사랑이나 야망, 그 어떤 대의나 명분보다 우선하는 게 오줌이다! 오줌이 마려우면 어떤 것도 할 수 없다. 그날 밤, 오줌을 누면서 많은 생각을 했다. 기나긴 시간이었다.

시간이 지나도 그날 눈밭에서 오줌을 누던 기억이 사라지지 않아 시로 남겼다. 어떤 시는 태어나지 않을 수 없어 태어난다.

당신이 꽃을 주시는데
테이블에 던져놓고 잊어버린 밤

사라진 것은 밤이 아니라 빛의 다른 이름이다

일회용 컵 뚜껑을 깨물다
입술을 베인다
가벼운 것에 베이면 상처가 숨는다
틈으로 들어오는 것이 빛인지 어둠인지
허공을 더듬는 거미의 열기인지
허방, 이라는 계단인지

눈밭에서 참았던 오줌을 누며 생각한다
지금,
어딘가에서 젖니들은
여전히 지붕 위를 날고 있을 것이다
발등에 내리는 눈처럼 흩날릴 것이다

정정당당하게 사라진 얼굴들

눈밭에 풀어놓으니

녹는다

까놓은 엉덩이로 별이 떨어지면

별의 자식을 수태할 것만 같다

이제 어떤 키스가

내 입술을 뷀 수 있을까?

– 졸시 「발등에 내리는 눈」 전문, 『베누스 푸디카』 수록

오줌에 관한 에피소드라면 한 다스는 꺼내 보일 수 있다. 고속도로 한가운데서 (서울에서 원주로 가는) 직행 고속버스를 세워본 적이 있는 사람이 나니까. 다행히 버스 기사님이 숨어서 오줌을 눌 수 있는 장소를 골라 버스를 세우고 기다려주었다. 안 그랬다면 나는 비엔나소시지처럼 줄줄이 지나가는 차를 등지고, 희고 커다란 엉덩이를 내놓고, 아마도 비닐봉지 같은 것을 뒤집어쓴 채 오줌을 눠야 했으리라. 그러고는 고속도로 한가운데 버려져서, 누군가에게 전화를 걸었겠지. 나 좀 데리러 오라고. 오줌을 누느라 버스를 떠나보냈다고. 슬프고 망측하다.

다 커서도, 요의 앞에서 나는 꼼짝 못한다. 오래된 일이다.

그런데 눈밭에 엉덩이를 까고, 참았던 오줌을 누는 일은 꽤 괜찮은 경험이었다. "옛날은 가는 게 아니고 이렇게 자꾸 오는 것이었다"라고, 이문재 시인이 썼던가. 오줌을 누면서, 자꾸만 밀려오는 옛날과 조우하며, 나는 살금살금 어려지기도 하는 것이었다.

눈비 오는 날, 술래는 소월

비가 내리면 서재에 있는 JJ를 향해 외친다.

나　　여보, 비 온다!

남편　비가 온다 오누나.

나　　오는 비는, 올지라도

남편　한 닷새만 왔으면 좋지.

주거니 받거니 하다 큭큭 웃는다. "소월은 천재야." "응." "어떻게 이렇게 노래했을까." "비 온다고." "정말." 100년 전, 기가 막

히게 운율을 아는 힙스터, 시인 김소월에게 우리는 감탄한다. 소리내 읽어봐야 안다.

비가 온다
오누나
오는 비는
올지라도 한 닷새 왔으면 좋지.

여드레 스무날엔
온다고 하고
초하루 삭망이면 간다고 했지.
가도 가도 왕십리 비가 오네.

웬걸, 저 새야
울려거든
왕십리 건너가서 울어나 다고,
비 맞아 나른해서 벌새가 운다.

천안에 삼거리 실버들도
촉촉이 젖어서 늘어졌다네,

비가 와도 한 닷새 왔으면 좋지.

구름도 산마루에 걸려서 운다.

– 김소월, 「왕십리」 전문

이런 기막힌 돌림노래를 만들어놓고, 그 뒤를 따라 하지 않고는 못 배기게 만들어놓고, 소월은 어디로 갔나. 찾아야 할 것을 찾지 않고 사라진 술래는 우리를 슬프게 한다.

눈이 올 때도 마찬가지다. 창밖에 진눈깨비 흩날리면.
코끼리 눈곱만하게 뭉쳐 내리는 진눈깨비 흔들리면.
우산을 쓴 사람이 몇,
손바닥으로 머리를 가린 채 종종걸음 걷는 사람들이 몇,
주머니에 손 찔러 넣고 느리게 걷는 사람들이 몇 있으면.
길고양이 한 마리, 빠르게 지나가면.

이마를 창에 대고 중얼거린다. 눈이 온다 오누나, 오는 눈은 올지라도, 한 닷새만 왔으면 좋지. 이건 돌림노래다. 소월이 시작해, 오늘의 나에게까지 이어지는. 이어지다 언제인지 모르게 조용히 멈추는.

숨쉬듯 자연스러운

'겨울엔 좀 춥게, 여름엔 좀 덥게.'

남편과 나는 이렇게 지내는 게 몸에 좋다고 생각한다. 작년 겨울, 우리가 사는 파주의 한파는 혹독했지만 보일러를 세게 틀지는 않았다. 외풍이 심하지 않으니 얇은 옷을 겹쳐 입고 양말과 덧신을 갖춰 신으면 견딜 만했다. 그래서일까? 우리는 6년 동안 감기에 걸리지 않았다. 몇 번의 컨디션 난조는 있었지만, 감기만큼은 걸린 적이 없으니 뿌듯하다! 집 안팎의 온도에 큰 차이를 두지 않으려 한 덕이다.

자연과 비슷하게 맞춰 지내기. 자연스럽게 살기. 이게 우리가 지향하는 삶의 방식이다. '자연스럽다'는 말은 "억지로 꾸미지 아니하여 이상함이 없다"는 뜻이다. 무엇을 위해 지나치게 애쓰지 않는 상태다. 새해를 맞이할 때마다 그해 이루고 싶은 소망이나 목표를 공책에 적는 버릇이 있는데 올해에는 제일 윗줄에 '애쓰지 말자'고 적어두었다(지난해엔 '도도하게 살기'였으나 실패했다).

어릴 때부터 나는 글씨를 쓸 때도, 그림을 그릴 때도, 피아노를 칠 때도, 대학을 갈 때도, 취직을 할 때도, 안달복달 지나치게 애쓰지 않았다. 적당히 타협했다. 그러니 그럴듯한 성과를 내지 못한 게 아니냐, 누가 물으면 머리를 긁적이며 수긍할 수밖에 없다. 그런 내가 딱 두 가지, 애를 써서 한 일이 있다. 이십대 때의 연애와 시쓰기. 둘 다 무지하게 애를 썼고, 애가 탔다. 잘하고 싶었기 때문이다.

잘하려고 애를 쓴 탓에 내 연애는 위태롭게 비틀리다 늘 실패했다. 나와 상대방, 둘 다 고단해졌다. 실패라고 생각하니 심장이 타들어갈 정도로 괴로웠다. 몸도 아팠다. 애를 쓴다는 것은 몸과 마음을 편히 두지 않는 일이다. 고통스러울 정도로 자신을 채찍질해대는 것. 이루고 싶은 것을 위해 온갖 수고를 마다하지

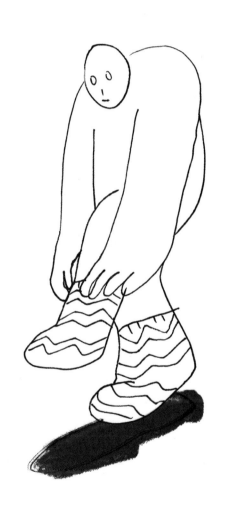

않는 일이다. 지혜는 고통이 사라진 후, 지나간 자리에서 태어난다. 그러니 고통 자체인 연애에 지혜가 깃들 리 없었다. 연애에 실패한 후 괴로운 터널을 빠져나왔을 때 비로소 뽀얘졌다. 오래 끓여 진액이 우러나온 사골 국물처럼 뽀얘졌다는 말이다. 순해졌다고나 할까. "지독함이 스스로 옷을 벗을 때까지(졸저 『우리는 서로 조심하라고 말하며 걸었다』)" 사랑을 유예했다. 사랑이 다시 왔을 때, 나아졌다. 모든 면에서.

시쓰기도 마찬가지다. 언어를 붙들고, 언어를 내 뜻대로 '부리려' 할수록 시는 삿됨으로 일그러졌다. 내 안의 에너지를 믿고, 그 자연스러운 흐름을 따라가고, 가려는 곳으로 언어를 놓아주어야 하는데 그러지 못했다. '숨쉬듯 편하게', 언어 뒤를 따를 때 좋은 시가 나온다는 사실을 몰랐다. 이십대 때는 시에 너무 애를 쓴 나머지, 언어를 주눅들게 하고 나는 자주 상했다. 물론 그 가운데 시적 긴장으로 아름다울 때가 아주 없진 않았겠으나, 지혜가 깃들 곳이 없던 건 분명하다.

무슨 일이든지 애를 써서 잘 해내는 사람을 보면 두 가지 감정이 든다. 존경심과 안타까움. 인간의 의지와 노력에 존경심이 들다가도 한편으로는 안타까워지는 것이다. 그는 누구도 할 수 없을 만큼 제대로 해냈지만, 해낼 테지만, 그후 존재에 남는 흔적은 어떻게 하나. 간절함을 품고 행한 뒤, 존재에 내리는 것. 그것을 뭐라 불러야 할까? 지나치게 애를 쓰는 일은 사람을 상하게 한다. 찰스 부코스키가 한 명언이 있다. "노력하지 마.Don't try." 안심이 되는 말 아닌가? 나는 그의 말을 안달복달하지 말고 순리에 맞게 살라, 지나치게 애쓰다 상하지 말라는 뜻으로 이해했다. 사람이 상한다는 건 독해지고 비루해진다는 거다.

무엇이든(행동이든 결과든 선택이든 과정이든) 적당한 거리에서 숨쉬듯 받아들이는 자세, '되는대로 즐겁게' 해보려는 자세가 좋다. 숨쉬듯 자연스럽다는 것. 한국사회를 지배했던 '안 되면 되게 하라'는 구호, 군대에서나 통용될 법한 이 말은 끔찍하다. 안 되는 것을 되게 하려다 인생을 망친 사람들이 얼마나 많은가. 결국 안 되니까 '이생망(이번 생은 망했어)'이니 '자살각' 같은, 끔찍한 말이 유행하는 것이다. 가장 좋은 건 생긴 모습대로 사는 게 아닐까?

헬싱키로 여행을 갔을 때 놀랐다. 북유럽 사람들에게서 느껴지는 자연스러운 분위기 때문이다. 이게 뭘까. 그들을 둘러싼 여유롭고 자연스러운 에너지, 적당히 풀어져 있지만 중심은 잡혀 있는 걸음걸이. 나는 그곳에서 어떤 유행의 흐름도 감지하지 못했다. 대부분의 사람들이 저 좋을 대로 옷을 입은 듯 보였다. 우리나라에서라면 뚱뚱하다고 손가락질 받을 만한 몸집의 여성이 레깅스에 재킷 하나를 툭, 걸쳐 입고 거리를 행보했다. 근사해 보였다. 대부분 타인의 모습에 무관심했다. 그들이 '자기'로 충만해 있는 모습은 인상적이었다. 우리는 대체로 타자의 생각과 행동에 제약을 받지 않는가. '체면'과 '치레'라는 말은 관계 속에서 늘 우리를 억압해왔다.

헬싱키에서 나는 '멋'에 대해 진지하게 생각해봤다. 멋이란 자연스럽고 견고하고 건강한 것이다. 자신이 자신임을 좋아하는 것, 자기다움으로 충만한 것! 타자의 시선에 얽매이지 않고 자유로울 때, 멋 내지 않을 때 멋이 난다. 그곳에서 나는 난생처음으로, 내 안에도 '자연스러운 당당함'이 있음을 느꼈다. 움츠려 있던 자아가 제대로 숨을 쉬었다. 아마도 타인의 시선이라는 통제 아래 있던, 보이지 않는 사슬이 풀어진 것이리라. 그때 나는 스스로 멋있는 사람이라고 느꼈다(왜 헬싱키에서 유독 그랬는지, 모르겠다). 며칠 동안 내내! 행복했다! 이런 게 행복이라면 행복은 자신을 사랑하는 마음, 멋지다고 생각하는 마음, 내 생김을 긍정하는 자세에서 오는 게 분명하다. 여행에서 돌아오니 이 마음이 금세 사라져서 문제지만. 스스로를 멋지다고 생각하는 마음은,

왜 자주 숨는 걸까?

진정한 멋을 위해선 일단 자연스럽게 숨쉬는 게 중요하다. '자연스럽다'는 '자유스럽다'는 뜻을 품는다. 자유스러움보다 더 좋은 상태가 있을까? 어떤 운동이든 호흡이 중요하다. 숨을 참거나 잘못 쉬면 근육이 경직된다. 자연스러운 호흡이 없는 스트레칭은 근육에 산소 전달을 하지 못해 효과가 없다고 한다. 숨은 모든 것과 연결되어 있다. 인생을 이완시키는 것도 경직시키는 것도 숨쉬는 자세에 달려 있다. 무리하지 않고 나답게, 편안한 자세로 사는 일. 좋은 삶을 꾸리는 열쇠라고 믿는다. 미세먼지 탓에 먼 훗날, '숨쉬는 게 가장 어려운 일'이라고 말하는 때가 올지도 모르겠다. '숨쉬듯이? 그게 무슨 말이죠? 쉽지 않다는 뜻인가요?'라고 아이들이 물어올지도 모른다. 너무 편하게 말고, 너무 애쓰지 말고, 자연에 맞춰 천천히 살기로 하면 우리가 품고 있는 많은 문제들이 해결되지 않을까?

이번 겨울은 유난히 춥지 않다고 난리다. 우리가 잘못하면, 자연도 '자연스러움'을 잃을 수 있다니. 왠지 서늘하다.

삼총사의 동물원

그때 노는 열세 살이었고 나와 윤은 스물두 살이었다. 우리는 삼총사였다. 썩 어울리는 조합은 아니었지만, 우리는 친했다. 그 렇다. 무엇보다 우리는 친했다. 나와 윤은 둘 다 노를 좋아했다. 노는 아직 면도기가 필요하지 않은 희고 통통한 볼에 선한 눈을 가진 아이였다. 노가 학교에 간 틈에 나와 윤 둘이서 영화를 보 러 가거나 관심 있는 남자 얘기를 한 적도 있었지만, 노를 빼놓 고 정말 재미있는 일을 한 적은 없었다.

우리는 싱글 침대와 작은 책상만으로도 꽉 차는 방에 모여 종 종 화투를 쳤다. 노는 침대 아래, 나와 윤은 침대 위에 앉거나 기댄 채였다. 그 방에서 한 천 번쯤 화투를 쳤을까? 우리는 한 번도 내기를 한 적이 없었다. 이기고 지는 문제는 우리에게 중요한 것이 아니었다. 그저 '시시덕거리기 위해' 그림을 맞추며 시간을 보냈다. 우리는 화투장에 예사로 불리는 이름이 있다는 것도 몰랐다. 아무렇게나 멧돼지, 이슬비, 국화, 새, 우산 쓴 남자 등 화투장 이름을 멋대로 지어 불렀다. 화투장에 흑싸리니 이매조니 단풍 같은 이름이 있다는 것은 한참 후에야 알았다. 그때 우리는 대체로 무구하고 무력했다. 원하는 것이 없는 것은 아니었지만 원할 줄 몰랐고, 슬픔이 없는 것은 아니었지만 사용할 줄 몰랐다. 우리는 동물원의 동물들 같았다.

시큰둥했던 윤과 노를 설득해 동물원에 간 것은 뜨거운 여름, 주말이었다. 동물원은 내가 좋아하는 곳이었다. 나는 그곳에 자주 가지는 않는데, 뻔질나게 드나들어 그곳을 흔한 장소로 만들고 싶지 않았다. 사는 것에 지치거나 확 늙어버린 기분이 들때면 처방약을 삼키는 심정으로 동물원에 갔다. 마침 그 무렵에 습작소설을 쓰고 있었는데, 학교에 빠지고 동물원에 간 다섯 명의 고등학생이 나오는 얘기였다. 이들은 '공동 자살'을 모색하기 위해 자주 모이지만, 한 번도 그럴듯하게 실행해본 적이 없는 겁쟁이들이었다. 그들의 '공동 자살' 계획은 늘 누군가의 변변치 않은 사정으로 철회됐고, 다음을 기약했다. 나와 윤과 노는 그들과 닮은 점이 많았다. 그날 우리는 시시껄렁한 얘기를 주고받으며 동물원을 어슬렁거렸다.

동물원은 내게 '열린 감옥' 같았다. 때때로 울타리에 갇혀 있는 동물들처럼 나 역시 갇혀 있다고 상상했다. 동물원을 거닐고 있는 순간만큼은 세상의 모든 위험에서 차단된 것 같았고, 적에게 들키지 않고 보호색을 띨 수 있을 것 같은 기분이 들었다. 무엇보다 나는 동물들과 나 사이에 그어져 있는 암묵적인 경계가 좋았다. 내가 동물들을 구경할 때도 있었지만 동물들 역시 나를 구경하고 있을지 모른다고 생각했다.

동물원에서 우리는 특별한 행동을 하지 않아도 되었다. 잠자코 '존재'하는 것이 우리의 임무였다. 코끼리나 사자나 기린이나 뱀이나 그저 잠자코 존재하면 되었다. 사람이나 동물이나 서로에 대해 열정적인 태도를 보이지 않았고, 멀찍이서 관망했다. 특히 사람들은 같은 사람들에게 관심을 갖지 않았다. 저쪽을 보세요, 저쪽에 나보다 더 슬픈 생물이 웅크리거나 서거나 누워서 존재하고 있습니다. 그러니 나는 이쪽에 잠시 숨어 있을게요. 이런 생각을 하며, 동물원에서 나는 안도감을 느꼈다.

물론 동물원에 고요함, 평화로움, 따뜻함만 있는 것은 아니었다. 외로움, 쓸쓸함, 우울함, 자포자기, 체념, 권태와 같은 분위기가 도처에 깔려 있었다. 저녁이 되어 동물원 폐장 시간을 알리는 안내 방송이 나올 때는 정체를 알 수 없는 슬픔이 밀려왔다. 살아 있는 것들이 피할 수 없는 고독 같은 것.

동물들을 저만치 두고 걸어나와야 할 때의 서늘한 기분. 내 인생의 그림자처럼, 흑점처럼 남아 어둠 속에 잠겨 있는 동물들의 윤곽. 나와 윤과 어린 노는 시시덕거리는 것도 관두고 묵묵히 세상 밖으로, 울타리가 없는 곳으로 걸어나와야 했다. 아마도 자신에게 가장 무거운 것들, 혹은 축축하고 소화가 되지 않는 것들을 비늘처럼 떨궈 두고 나왔을지도 모르겠다. 이제는 찾을 수 없는 것, 찾고 싶지 않은 것들. 기억을 더듬다보니 갑자기 추워진다. 나와 설핏 눈이 마주쳤던 동물들의 눈빛이 떠오른다. 치매에 걸린 노인처럼 허공에서 머물다 꺼지던 눈빛.

이제 나와 윤과 노는 더이상 삼총사가 아니다. 우리는 각자 멀리 있다.

깊은 밤 잠 못 들고 연필을 쥐고 있는 사람에게

젊은 시인에게 보내는 편지

당신이 젊고, 게다가 이미 좋은 시인이라면 한밤중 창밖에서 어슬렁거리며 뚱뚱해지는 어둠이 자신의 미래라는 것을 알고 있을 것입니다. 괴롭겠지요.

진심과 진실로 이루어진 원석 한 덩이가 당신이 가진 재료의 전부입니다. 전부이자 아무것도 아닌 것, 잠깐 한눈을 팔면 사라져버리고 마는 것. 무게도, 색깔도, 높이도, 깊이도 없는 것.

당신은 무엇 때문에 연필을 손에 쥐고 있습니까? 그것은 무엇을 지휘하는 막대입니까?

'왜 문학을 하는가' 혹은 '왜 쓰는가'라는 물음 앞에서 저 또한 골똘해집니다. 막막해집니다. 그저 어떤 사람들은 '다른 방식'으로 말하고 싶어서 쓴다고 생각합니다. 다르게 표현하고 다르게 소리 내고 싶은 욕망은 다르게 보고, 다르게 살게 합니다. 그것은 낯익은 세상에서 평범한 것들의 '새 얼굴'을 발명하는 일입니다.

당신은 보이지 않는 것과 싸워야 합니다. 싸운다는 것은 사랑한다는 뜻입니다. 엉키고 부딪쳐, 서로가 서로를 열렬히 잡아먹고 잡아먹히는 일입니다. 충분히 먹은 뒤 대상과 나 사이에 알이 슬 때까지 기다리고, 그 알을 부화시키는 일입니다. 언어는 잠든 고양이처럼, 혹은 밤의 등고선처럼 당신 발아래 엎드려 있을 것입니다. 척추를 둥글게 하고 예민한 발톱을 숨긴 채 잠들어 있을 것입니다.

당신이 얼마나 능숙하고 노련한가에 따라 언어는 자신을 보여줄 것입니다. 당신이 언어를 믿지 못한다면 언어 또한 당신을 믿지 않을 것입니다. 뛰어나가는 말들을 잡으려 하지 말고, 잡아서 축 늘어진 언어를 종이에 데려오지 말고, 그냥 따라가세요. 마구 달려 함께 뒹굴고 춤추기 바랍니다. 언어를 의식하지 말고, 언어가 되세요. 활달하게 춤추세요. 그리고 다음날, 그리고 다음날,

그리고 다음날, 다시 그곳으로 돌아가세요.

냉정한 시선으로 아름다운 장면만 골라 살려두고, 모두, 죽여 버리세요.

당신은 종종 두렵다고 말합니다. 자신을 믿지 못하겠다고, 시인으로 살아갈 '능력(재능)'이 있는지 모르겠다고 말합니다. 시 쓰기(쓰기)란 대체 불가능한 대상을 대체 불가능한 방식으로 사랑하는 '행위'입니다. 날아가는 나비들을 간절한 마음 하나로 공중에서 멈춰 있게 하는 일입니다. 연애를 떠올려보시기 바랍니다. 포기 가능한 사랑이라면, 포기하면 됩니다. 쓰지 않아도 된다면(재능이 없다고 해서), 쓰지 않으면 됩니다. 그렇게 저울질해서 하고, 말고 결정할 수 있는 일이라면 제발, 하지 마시길 바랍니다. 시는 성격입니다.

그럼에도 불구하고 당신이 시 앞에 자꾸 불려온다면, 재수가 없는 또하나의 팔자 사나운 인간이 되어야 한다면, 무당이거나 곡비이거나 하여간 소리 내는 일에 동참해야 한다면 두 다리를 거십시오. 한 발만 넣고 다른 한 발을 빼지 말고, 두 발 다 내어주십시오.

쓰는 일은 과정이 곧 결과입니다. 시시때때로 가치 체계가 변하는 사회에서 문학은 세계의 동태를 살피고, 인간 심리의 변화를 기록합니다. 쓸모를 따지기에 앞서 가치와 깊이를 가늠합니다. 문학은 '삶의 라이벌'로서, 우리가 당연하게 여기던 것들을 향해 다시 질문합니다. 그 과정에서 문학은 언제나 삶의 속도를 늦추는 브레이크 역할을 합니다. 그리고 브레이크는 당신의 연필, 우리들의 연필에서 시작될 것입니다. 깊은 밤, 잠 못 들고 연필을 쥐고 있는 모든 사람들의 손에서 세상은 느려질 것입니다.

쓰는 사람은 결코 목표를 향해 돌진하듯 써내려가지 않습니다. 그보다는 쓰고 싶은 대상 앞에서 망설이고, 자주 기다립니다. 매일 겪어온 아침을 처음 겪는 아침인 듯 다시 생각합니다. 당연한 것을 질문합니다. 많은 것이 적은 것이 될 때까지, 긴 것이 짧은 것이 될 때까지 두리번거립니다. 쉬운 길을 찾는 대신 다른 길을 만들어봅니다. 느린 속도로. 불편함의 편에 서서 생각하고 움직이게 합니다. 모든 좋은 시는 우리를 불편하게 하거든요.

당신이 한밤중에 깨어 연필을 쥐고 있는 사람이라면, 자신을 믿으세요. 자신이 얼마나 시간을 느리게 할 수 있는지, 그리하여 삶의 결을 꼼꼼히 그리고 만져볼 수 있게 만드는지, 자신을 믿기 바랍니다.

이토록 이타적인 사물, 보자기

모든 보자기엔 비밀이 숨어 있다. 그 안에 무엇이 들었는지 당장엔 알 수 없다. 무명의 평범한 보자기건, 색색의 비단으로 만든 보자기건, 공장에서 획일적으로 찍어낸 값싼 보자기건 상관없다. 모든 보자기는 알맹이를 숨기고, 감싸며, 비밀을 발설하지 않을 임무를 가지고 태어난다. 보자기로 싼 한 꾸러미의 세계가 눈앞에 놓여 있다고 상상해보자. 알맹이를 '짐작'하며, 천천히 보자기의 매듭을 끌러보기 전에는 보자기 안의 세계를 알 수 없다. 보자기는 알맹이가 입은 최후의 보루, 불투명하고 단정한 옷, 안의 세계와 바깥 세계를 만나게 하는 '세상에서 가장 부드러운 문'이다.

펼치고, 덮고, 싸매고, 숨기고, 담고, 나르고, 보관하고, 기다리고, 전하는 일로 보자기는 생을 보낸다. 무용한 보자기는 없다. 보자기는 쉬고 있을 때조차 대기 상태다. 혼자서는 무엇을 주장하지도, 부피를 차지하지도, 형태를 고집하지도 않는다. 이토록 이타적인 사물이 있을까? 가방이 제 형태를 고집한 채 내용물을 담는다면, 보자기는 형태도 고집도 줏대도 욕심도 없이 내용물을 담는다. 보자기는 입체이자 평면을 동시에 추구한다. 손끝으로 잡으면 아래로 흘러내리고, 펼쳐놓으면 수평의 공간이 생긴다. 접으면 접히고, 구기면 구겨진다. 날리면 날아가고, 움켜쥐면 잡힌다. 언제나 힘을 뺀 상태로 유연하다. 가볍고 견고하다. 보자기는 무게를 잡는 법을 모른다.

펼친 보자기는 열린 세계 같고, 돌돌 말린 보자기는 잠자는 것 같다. 서랍에 착착 접어놓은 보자기는 무릎을 꿇고 기다리는 사람, 침묵으로 가득찬 시간, 먼 곳으로 이동을 기다리는 날개, 여백으로 가득찬 방 같다.

보자기는 번역이 불가능하다. 보자기는 헝겊 조각이 아니고, 단순한 천이 아니며, 수건이 아니다. 그 모든 것과 다르다. '보褓'는 '포대기'라는 뜻이다. 포대기는 입는 것, 싸는 것, 안는 것이다. 구겨지고 펼쳐지고, 사용하는 것이다. 보자기는 사람이 하는 일을 두루 다 흉내낼 수 있다. 사람과 닮아 있다. 주먹을 편 사람, 욕심이 없어 무거운 바위를 이기는 사람, 뾰족한 가위에 져주는 사람.

무엇보다 보자기는 변신의 천재다. 원래 지닌 형태(사각형의 펼쳐진 보)는 내용물에 따라 모양과 형태가 변한다. 보자기는 이름이 없거나 이름이 많다. 갓난아기를 감쌀 때는 아기가 생애 처음 입는 옷이 되고, 아기를 업을 때는 엄마와 아기를 이어주는 끈이 된다. 이바지 음식을 싸맬 때는 그릇이 되며, 물건을 다른 곳으로 옮길 때는 가방이 된다. 귀중품을 담아 장롱 안에 넣어둘 때는 보관함이 되고, 식탁 위에서는 음식물을 위생적으로 보존하는 방패가 된다. 책을 넣어 이동할 때는 책보가 되고, 잡동사니 위에 덮어놓으면 가림막이 된다.

나는 집에서 정돈되지 않은 곳을 보자기로 덮어두는 버릇이 있다. 부엌 서랍을 열면 먹다 남은 약, 영양제, 식음료로 만든 홍삼 스틱, 영수증, 선물 포장지에서 딸려온 리본, 줄자, 용도를 알 수 없는 플라스틱 케이스, 볼펜 따위가 마구잡이로 엉켜 있다. 이 잡동사니 위로 보자기를 탁, 덮어두면 '마법'처럼 이 모든 게 사라진다. 혼돈 위로 내려앉은 침묵 한 장! 이때 보자기는 '혼돈을 잠재우는 얇은 껍질'이 된다. 부족한 내 정리 정돈 솜씨를 숨겨주는 커튼이고, 복잡함을 단순함으로 승화시키는 버튼이며,

세상을 향해 내보이고 싶은 얼굴이 된다. 명절 선물세트를 포장했던 꽤 근사한 보자기도 좋고, 출판사에서 기념일을 맞이하여 제작한 작고 예쁜 보자기도 좋다. 수중에 보자기가 들어오면 차곡차곡 개켜 서랍에 넣어둔다.

어린 시절, 혼자 집을 봐야 하는 때가 종종 있었다. 할일이 없어 동화책을 보다 까무룩 잠들면 세상은 보자기가 되었다. 나는 보자기에 싸여 버려지거나, 혼곤한 잠의 세계로 달아나는 상상을 했다. 삶의 본질이 홀로 겪는 고요와 고독 속에 있음을, 나는 그 시간을 통해 배웠던 걸까? 잠에서 깨면 아무도 없다는 사실과 함께 선명하게 눈에 들어오는 '색'이 있었다. 발치에 놓인 앉은뱅이 상 위로 알록달록하며 까슬까슬한 소재의 보자기('상보'라 불리는)가 덮여 있었다. 나를 위한 것임을 단박에 알 수 있는, 선명한 사각형의 세계. 보자기로 덮어놓은 세계이기에, 그것은 나를 위해 '마련한' 것이었다. 나는 눈을 비비며 무릎걸음으로 상을 향해 갔을 것이다. 조심스럽게 보자기를 열면 시시한 반찬과 밥이 놓여 있었을 것이다. 신기하게도 기억나는 것은 상 위의 음식이 아닌 보자기다. 보자기의 색과 형태만 선명하게 남아 있다. 어떤 음식이었을까? 아마도 밥과 김, 콩나물국 따위의 평범한 끼니였으리라. 그 음식을 먹었는지 먹지 않았는지, 기뻤는지 슬펐는지 그때 감정도 기억나지 않는다. 다만 선잠에서 깨자마자 보았던 보자기, 혼자 맞이한 방 안의 풍경 중 가장 따뜻하고 궁금한 얼굴을 하고 있던 보자기의 모습만 기억한다.

보자기는 귀하지 않은 것, 싸맬 필요가 없는 것, 궁극적으로 '당신'을 위해 준비한 선물이 아닌 것은 감싸지 않는다. 보자기에 담겨 내게 오는 것, 그것은 모두 순하고 귀한 것이다! 작은 보자기로 감싼 도시락을 누군가 꺼낼 때, 그 안에 알맞은 크기의 김밥이 가지런히 담겨 있는 모습을 볼 때, 그것을 먹어보라고 그이가 내게 권할 때! 아, 악의 없는 세계가 있다면 그것은 음식을 담은 보자기 안이리라!

우주 역시 커다란 보자기다. 그 안에 별과 은하와 블랙홀이 들어 있다. 그 안에 밤이 있고 아침이 있다. 아픈 사람이 있고 그들을 돌보는 사람이 있다. 잠든 사람과 깨어 있는 사람이 있다. 나는 지금도 종종, 잠과 깸의 경계에 있을 때 밤의 보자기에 싸여 흔들흔들 이동하는 상상을 한다. 그럴 땐 내가 가장 귀한 알맹이인 듯, 세상이 나를 토닥이는 듯 안심이 된다.

혁과 완

열세 살 때, 우리 반에서 가장 힘이 센 아이 둘은 혁과 완. 여자애들은 그들에게만은 뾰로통하게 말하거나 등짝을 때리지 않았고, 남자애들은 그들의 심기를 건드리지 않도록 아부하거나 복종했다. 그들은 호랑이처럼 어슬렁거리며 걸어다녔다. 혁과 완. 둘은 같이 있는 것만으로도 완전체였다. 나는 쫄보 중의 쫄보였기에 그들과 눈도 마주치지 않으려 애쓰며, 조용히 학교생활을 하고 있었다.

어느 날 혁과 완이 나를 불렀다. 그들은 돈을 받으러 온 고리

대금업자처럼 심각한 표정을 지으며 나를 보았다. 손에는 귀퉁이가 부서진 연을 들고 있었다.

"책상 위에 올려놓았는데 네가 치고 갔어."

"네가 이렇게 한 거야."

"어쩔래?"

"어떻게 물어줄 거냐고."

혁과 완은 주거니 받거니 하며 나를 추궁했다. 나는 연을 쳐서 망가뜨린 적이 결코 없다고, 결백하다고 말하고 싶었지만 덜덜 떨기만 했다. 그들은 면도칼을 숨겨 가지고 다닌다고도, 중학생 형들과 본드를 분다고도 했다. 나는 사색이 되었다. 그들은 날마다 "연 어떻게 할 거야?"라고 물었고, 돈을 내놓으라고 협박했다. 물론 나는 돈이 없었고 그들의 협박과 억압 속에서 학교생활을 하느라 야위어갔다. 눈에 띄지 않으려고 그렇게 노력했는데! 밤에는 잠 못 들고 뒤척였다. 소설 『데미안』의 싱클레어처럼, 고난을 짊어진 예수처럼 고독했다. 미래가 없었다. 어른이라면, 그동안의 시행착오와 고난의 경험을 토대로 해결할 수 있을 텐데 열세 살에겐 그런 게 없었다. 나는 또래 중에서도 순진한 편이었다. 어느 날은 아이들끼리 모여 나에 대해 이렇게 말하는 것도 들었다. "박연준이 전교에서 제일 순진할걸?" 그때 놀랐다. 내가 가진 이미지가 저렇단 말인가! 나는 그들에게 금방 지은 '밥'이나 다름없었다.

이 난감한 사태의 해결사로 나선 것은 뜻밖에도 아버지다. 어느 날 아버지는 시름에 잠긴 나를 불러 자초지종을 묻더니 혁과 완을 집으로 데려오라고 했다. 나는 펄쩍 뛰었다. 그들이 얼마나 무시무시한 아이들인지, 괜히 아버지까지 나서서 일을 그르치면 나는 살 수 없다느니, 하며 떠들었다. 그러나 아버지는 침착한 얼굴로 그 아이들을 일단 데려오라고 했다. 무슨 수를 써서라도 데려만 오면 자기가 해결하겠다고. 나는 아버지가 섣불리 혁과 완을 혼내켜, 남은 학창시절 내내 시달림을 받을지도 모른다고 생각했다. 두려웠다. 그러나 그 작은 악마들의 손아귀에서 벗어날 방법이 없었다. 그들은 이미 집요하게 나를 괴롭히고 있지 않은가.

돈은 집에 있다고 말했다. 혁과 완은 아무 의심 없이 우리집까지 따라왔다. 아버지가 대문 앞에 서 있다가 그들을 안으로 데리고 들어갔다. 혁과 완은 아버지를 따라 방으로 들어갔다. 지금도 나는 그 방에서 어떤 이야기가 오고갔는지 모른다. 다만 시간이 꽤 흐르고 아버지가 방문을 열었을 때 혁과 완이 그보다 더 공손할 수 없는 자세로 고개를 숙이고 있는 것을 목격하고 놀랐다. 아버지는 그들을 일으키더니 천 원짜리 한 장씩을 쥐여 주며 아이스크림을 사 먹으라고 했다. 혁과 완은 허리를 굽혀 아버지에게 인사하고는 조용히 나갔다. 다음날부터 그들은 나와 눈도 마주치려 하지 않았다. 도대체 아버지는 무슨 신기한 마술을 부린 것일까.

그때 아버지는 다정한 거인 같았다. 아버지는 나와 우리 가정을 지켜주기 위해 태어난 존재라고 믿었다. 혁과 완은 독수리 같았는데, 아버지를 만나고 병아리로 바뀌었다. 천 원짜리를 들고 쫄래쫄래 사라진 어린애들로 변했다.

하루가 끝나는 지점을 나는 모른다. 그건 8시 저녁 뉴스가 끝나는 때일 수도 있고, 당신이 침대에 들어가 지친 몸을 옆으로 뉘일 때일 수도 있다. 창밖에서 떨고 있는 나뭇가지들을 보는 게 두려워 커튼을 여미는 순간일 수도 있다. 하루가 끝나는 지점에서서, 나는 가끔 그 시절을 떠올린다.

'절대로'린 말을 남발하는 시기는 축복받은 시기다. 때가 되면 온다. '절대로' 뒤에 오는 말들이 후드득 떨어지고 마는 시기가. '절대로' 뒤에 이러저러한 마음을 세워보고 몸서리치던 어린 나를, 한 치의 의심 없이 코끝을 높게 올리고 무슨 맹세처럼, 혼자 중얼거리던 내 어린 마음을 가련하게 여기는 때가 온다. 때가 되면 안다. '절대로' 뒤에 오는 말들이 얼마나 쉬이 변하는지, 변할 수밖에 없는지. 이제 나는 '절대로' 뒤에 어떤 말도, 어떤 마음도 함부로 세우지 못한다. 오래전, 따뜻한 거인처럼 크고 다정했던 아버지가 어떻게 사라졌는지 알고 있으므로. 사랑이 어떻게 변해가는지 알고 있으므로. 당신이 없으면 살 수 없다는 마음은 시간 속에서 변한다. 당신이 없어야 살 수 있다고, 변한다. 변할 수 있다.

아버지는 겨우 서른일곱이었다. 참 젊은 아버지였네, 생각하면 코가 시리다.

설 지나도, 열한 번의 초하루가 남았잖아

　사람들은 새것을 좋아한다. 새 옷, 새 신발, 새집, 새 차. 가족도 '새 가족'을 신청해 얻을 수 있는 거라면, 신청을 받아달라고 사람들이 몰려들지도 모른다. 설날은 음력 정월 초하루다. 해, 달, 날이 모두 새것인 시간, 모든 '첫'을 품은 상서로운 날이니 덕담을 나누고 계획을 세우는 것이리라. 지난해 운이 나빴던 사람, 실패한 사람도 설에는 굽은 어깨를 펴고 새 마음을 가지려 한다. 평소에는 잊고 지내던 조상을 생각하고, 누군가에게 절을 하고, 세뱃돈을 주고받으며 '다시 한번' 화목한 삶을 꿈꾼다.

설을 맞아 생각해본다. 올해는 뭔가를 끊으려고만 말고, 안 하던 일을 해볼까. 싫어하는 것의 목록을 늘리지 말고 좋아하는 것의 목록을 늘려볼까. 아끼지 말고 헤퍼져볼까. 매사에 조심스럽게 말고, 우당탕탕! 소란스러워져볼까. 할일을 또박또박 하지 말고, 하지 않아도 될 일만 찾아서 해볼까. 짜릿하다. 작심삼일이라지만 작심作心은 얼마나 귀한 마음이며, 삼일三日은 얼마나 충분한 시간인가!

사실 무언가를 끊거나 바꾸는 일은 전부터 내가 수시로 시도해온 일이다. 중독이 의심되어 작년 봄에 스마트폰을 폴더폰으로 바꿨다. 날마다 몇 잔씩 마시던 커피를 두 달 동안 끊고(이게 가장 힘들었다!), 얼마 전엔 인스턴트 음식과 설탕 함량이 많은 디저트를 끊었다. 요즘엔 집중력이 떨어져서 30분짜리 모래시계를 놓고 훈련중이다. 모래알이 위에서 아래로 떨어지는 30분 동안은 절대 하던 일을 멈추지 않기, '딴짓 않기'가 규칙이다. 모래시계를 뒤집어가며 일하다보면 나중엔 모래시계를 잊고 집중하게 된다. 고요히 떨어지는 모래를 보고 있으면 숨어 있던 시간의 속살을 보는 것 같아 오싹하다. 지금도 모래시계를 뒤집어놓고 이 글을 쓰는 중이다. 자아 단련을 위해서라지만 스스로에게 너무 인색하게 굴었나?

더 할까, 덜 할까 그것이 문제로다. 김현승 시인은 "파도가 될 것인가. 가라앉아 진주眞珠의 눈이 될 것인가"라고 노래했다. 나는 진주도 아니면서 가라앉은 보석 흉내를 내느라 애써왔는지도 모른다. 한편 솟구치는 파도가 되기 위해선 얼마나 까치발을 서고 점프를 해야 할까. 애쓰지 말자. 설렁설렁 해찰을 하며 살자. 올해의 원대한 목표로 정해두었는데 자꾸 잊는다. 나는 진주도 모르고 파도도 모르니, 그냥 나다운 상태로 꾸준하고 소소하게 빛났으면 좋겠다. 몸에 마음을 가져다 댈 때 그 '꼭 맞음'의 느낌으로. 허리가 구부러질 때 마음이 허리에 가 같이 구부러지고, 누군가의 손을 잡을 땐 마음도 손에 가서 얼른 잡히는, 몸과 마음이 따로 놀지 않는 상태로 지내면 좋겠다.

올 설에도 여전히 나는 (팔자 좋게도) 아무데도 가지 않고, 집에서 보낼 것이다. 떡국을 끓이고 잡채와 갈비찜을 만들고, 동그랑땡은 반찬가게에서 사올 것이다. 명절 음식을 먹으며 금세 질리겠지. 며칠 동안 기름진 음식을 먹으니 역시 물리는군. 새콤한 동치미를 떠먹고 싶군. 그러다 정색하고 존 버거의 문장을 곱씹어보겠지. "음식도 일종의 전언傳言이다. 먹는다는 것은 전갈을 받는 것이다. 누가 어디로부터 보낸 전갈인가?" 먼 곳에서 이쪽으로 전갈을 보낸 사람들을 생각해보겠다. 잘생긴 당근을 보며 놀라야지. 당근아, 너는 사랑으로 가득차 있구나. 흙 망토를 두르고 있는 여왕 같아. 양배추야, 너는 한 겹 한 겹 뜯기지만 뭉쳐 있을 땐 무기처럼 단단해. 대단하구나! 원활한 사회생활을 위해 속으로만 외치겠다.

공책에 '할 생각이 전혀 없던 일' 혹은 '싫어하는 일 좋아하기' 목록을 만드는 것도 재미있겠다. 먼저 떠오른 건 내가 싫어하는, '바퀴벌레 사랑하기'인데 차마 못 쓰겠다. 이건 패스. 스노보드 타기, 삐삐처럼 무릎까지 오는 짝짝이 양말 신고 친구 만나기, 동네 할머니랑 친구 되어보기는 어떨까. '숨은그림찾기'를 만들어 인생이 한없이 지루하단 표정을 짓고 있는 사람에게 줘볼까. 존경하는 스승에게 덕담은 괜찮으니 세뱃돈 주세요, 생떼 부려볼까. 날 이상하게 보겠지…… 노다지다! 날마다 재미있는 일을 찾아보자.

모래시계를 뒤집으며 생각한다. 설 지나면 어때. 밤이 지나면 늘 새날이 기다린다. 정월 초하루도 숱한 날 중의 하루일 뿐. 달마다 초하루를 시작점이라고 생각한다면, 우리에겐 매달 열한 번의 초하루가 남아 있다. 변신로봇처럼, 자꾸 변신을 꿈꾸는 자에겐 기회가 많다. 올해 설날은 갓난아이가 맞은 인생 첫날처럼 맞이하자. 해보자. 처음처럼 아니라, 진짜 처음 하는 일을!

그애는 나를 사랑해

연락이 끊긴 지 몇 년이 됐더라, 그보다 그애와 내가 언제부터 친구였지, 헤아려보게 되는 순간이 있다. 아득해지는 순간. '옛날'이라는 계단이 있어 슬금슬금 아래로 내려가다보면, 후미진 자리에 털썩 앉아 무릎을 끌어안게 되는 시간. 이제 내 곁엔 네가 없다는 통렬한 자각이 별안간 나를 계단 아래로 떨어트린다.

윤과 나는 열여섯에 만났다. 우리는 같은 날, 같은 동네(면목동)에서 같은 동네(등촌동)로 이사하고, 같은 학교로 전학을 왔다. '같은'이 네 번이나 반복되는 이 엄청난 우연이라니! '엄청난 우연'은 '운명'으로 바꿔 부를 수 있다는 것을 어린 우리가 알았을까?

윤은 여드름이 송송 난 얼굴에 살짝 눌린 물방울 모양을 한, 예쁜 눈을 가진 아이였다. 까무잡잡한 피부에 키는 나와 비슷하게 작았는데, 늘 서로 더 크다고 우겼다. 우리는 중학교 1년, 고등학교 3년을 같이 등하교했다. 같은 학원에 다니고 같은 독서실을 다녔다. 독서실에서 떠들다 나란히 쫓겨났다. 공원 벤치에 앉아 과자를 먹으며 독서실 총무 흉을 봤다. 윤이 짝사랑하는 애가 일하는 슈퍼마켓에 염탐하러 같이 갔고, 되도 않는 작전을 짰다. 교환 일기장을 만들어 둘만 아는 비밀 이야기를 썼다. 우리는 단짝이었다.

늘 붙어다녔으므로 간혹 옥신각신했지만 크게 싸운 적은 없었다. 한 몇 주간 말을 섞지 않은 적이 있는데 고3 때였다. 윤은 입시 스트레스 때문에 자주 신경질을 부렸다. 나는 '너만 고3이냐, 왜 나한테 신경질이냐, 그래서 나랑 점심 안 먹을 거냐' 이런 말을 하며 싸웠던 것 같다. 이내 별일 없던 것처럼 다시 친해졌고, 우리는 같이 수능을 치렀다. 비슷한 점수를 맞았고, 비슷한 표정으로 걱정하다, 비슷한 수준의 대학에 나란히 진학했다. 대학에 다니느라 바빴지만, 우리는 3분도 안 되는 거리에 살았기에 자주 만났다.

대학에서 중국어를 전공하는 윤이 1년 동안 교환학생으로 유학을 떠나던 날, 김포공항에 흐느껴 우는 이가 둘 있었으니 나와 윤의 남자친구였다. 정작 윤은 즐거운 얼굴로 떠났는데, 나와 윤의 남자친구(지금은 남편이 된)는, 나라 잃은 것처럼 울었다. 윤이 떠난 후 나는 너무 많이 울어 화장실로 들어가 숨이 넘어가지 않도록 진정해야 했는데, 윤의 남자친구도 마찬가지로 힘들어 보였다. 지금도 기억난다. 윤을 보낸 뒤 영혼이 나간 우리 둘, 전혀 친하지 않고 오히려 서로 왠지 경계하는 둘이, 축 처진 어깨로 나란히 공항버스를 타고 돌아가던 길. 지금 생각해보면 우스운 풍경이다. 훗날 나는 윤의 남편을 질투한 적도 있고, 제발 돈을 좀 잘 벌어서 내 친구 고생시키지 말라고 응원한 적도 있지만…… 대부분의 시간을 못마땅해했던 것 같다. 장모님이라도 되는 것처럼.

1년 후 윤은 돌아왔다. 다른 건 모르겠고, 중국에서 화투를 배워와 내게 가르쳤다. 우리는 한동안 열심히 화투를 쳤다.

윤이 나를, 혹은 내가 윤을 질투한 적이 한 번도 없었다는 게 좀 신기하다. 그렇게 붙어다녔는데도, 우리는 작은 것 하나도 의식하거나 질투한 적이 없었다. 나는 윤의 크고 작은 슬픔을 알았고, 윤 역시 크고 작은 내 슬픔을 알았기 때문일지도 모르겠다. 누군가의 슬픔을 알면, 정말 알면, 무엇도 쉬이 질투하게 되지 않는 법이니까. 어려운 형편은 모르고, '좋아 보이는' 면만 어설프게 알 때 질투가 생긴다. 우리는 그저 서로를 애틋해했다. 서로의 성장과 좌충우돌을, 연애와 실연을 묵묵히 지켜봤다.

대학 졸업 후 윤은 김포공항 안내데스크에서 비정규직으로 잠깐 일했다. 나는 마치 볼일이 있는 사람처럼 늘 김포공항 안내데스크 옆을 서성였다. 윤과 이야기하는 게 좋아서, 일이 끝난 윤과 같이 돌아오려고, 어려운 한자가 잔뜩 달린 책을 읽어야 하니 음을 달아달라 요청하려고(윤은 한자를 잘 알았다) 찾아갔다.

기억난다. 윤과 내가 임신 테스트기 하나를 들고 김포공항 화장실에서 덜덜 떨던 일. "임신이야." 두 줄로 표시된 테스트기를 보여주며 윤이 한 말에 내가 더 덜덜 떨던 일. 윤은 패닉 상태가 되어 펄쩍 뛰었고, 나는 그 와중에 배 속의 아기를 걱정하며 일단 진정하라고 야단이던 일. 이제 어떻게 해야 할까, 우리 인생은(나는 '윤의 인생'이라고 따로 생각하지 않았다) 어디로 흘러가게 되는 걸까, 발을 동동 구르며 화장실에서 떨던 여자아이 둘. 우리는 걱정했고 조금 흥분했으며, 기대와 두려움과 혼란의 감정을 조금씩 다 느꼈다.

윤은 열여섯 살 때부터 친구들 중 가장 빛나는 아이, 특별한 아이, 재미있는 아이였는데, 혼전임신으로 친구들 중 가장 빨리 결혼했다. 스물다섯에 급작스럽게 벌어진 일이었다. 결혼식장에서 울지 않으려 했는데, 나는 또 많이 울어버려 친구들에게 '잠시' 끌려나와야 했다. 윤의 남편이 된 남자는 이번엔 활짝 웃고 있었다.

윤은 날마다 조금씩 배가 불러오더니, 먼 곳에 아파트를 얻어 이사했다. 우리는 점차 만나는 횟수가 줄었다.

윤이 임신하고 결혼하고 엄마가 되는 동안 나는 별안간 시인이 되었다. 우리 둘에겐 정말 '별안간'의 일이었다. 우리는 멀리서 각자 일상을 보내다 저녁이 되면 통화를 했다. 수화기를 들고 그동안의 일을 빼먹지 않고 전하느라 서로 정신이 없었다. 그렇게 몇 달, 1년, 2년을 보내고 나니 '따로' 보내는 시간이 자연스럽게 느껴졌다. 나와 윤 사이에 조그만 웅덩이가 생긴 것 같았다. 웅덩이에 뭐가 들어 있는지 알 길이 없었다. 다만 둘 사이에 서로 모르는 고단한 일들이 생겨, 웅덩이로 빠져버리는지도 모른다고 어렴풋이 생각했다.

이제 전화로는 할 수 없는 말들이 생겼다. 우리 사이에 비밀이 생긴 게 아니라, '너무 많은 일들'이 있어 짧게 전달할 방도가 없었다. 이러저러한 일들. 말하기 위해서는 많은 설명이 필요한 일.

설명이 필요한 관계는 더이상 친한 관계가 아닐지 모른다.

어느새 우리는 평범한 사이가 되어버렸다. 잘 지내냐고 물으면 그럼 잘 지내지, 대답하는. 빤한 사이. 우리는 이제 "야, 나 어제 완전 열받았잖아"로 시작하는 통화는 할 수 없어졌다. 설명해야 하는데, 설명해도 완전히 알게 하기 힘들었다. 오랜만에 이야기를 나누는 친구에게 걱정을 끼치고 싶지 않기에, 그리고 전처럼 서로가 해결해줄 수 있(다고 믿)는 일이 많지 않기에 생략하는 말들이 늘었다.

윤은 늘 지쳐 있었다. 그런데도 아이를 한 명 더 낳았고, 엄마의 모습을 흉내내는 게 아니라 진짜 엄마가 되어갔다. 나는 나대로 혼란스러운 시간을 지나고 있었다. 회사에 다니고, 책을 내고, 사람들과 엉클어진 관계를 맺고, 상처 입고 상처 주며 낡아갔다. 윤도 먼 곳에서 그랬으리라. 아기를 먹이고 재우면서, 남편과 싸우고 화해를 하면서, 때때로 옛날의 빛나던 자기 모습과 현재 모습 사이에서 그네를 타다 떨어지기도 하면서.

한동안 우리는 소식을 주고받았다. 요리하다 손가락을 베었다고, 피가 많이 난다고 윤이 전화로 울부짖은 적도 있다. 아이 키우는 게 힘들다고, 베란다 창문을 열고 뛰어내리는 일을 자주 상상한다고 말해 내가 식은땀을 흘리게도 했다. 남편과 다투고 나를 찾아온 적도 있다. 윤이 손에 '이혼'이라는 말을 쥔 채 서성이고 있다는 것을 알았지만 모르는 척했다. 윤이 남편을 향한 원망과 실망이 담긴 복잡한 심정을 말할 때 가슴이 미어지는 것 같았다. 시간을 되돌려 김포공항 화장실에 우리가 서 있다면, 임신 테스트기 줄이 두 줄이 아니었다면 어땠을까…… 속으로 상상하며 한숨을 쉬기도 했다. 윤의 남편, 공항에서 나와 같이 눈물을 흘리던 사람은 윤을 온전히 차지하고도 왜 윤을 슬프게 만들까. 알 수 없었다. 그때 나는 아는 게 적었고, 결혼생활에 대해서라면 더욱 알지 못했다.

나 또한 힘든 순간마다 윤에게 전화해 울고불고했다. 윤이 어린 아이 둘을 키우며 어떤 모습으로 쩔쩔매고 있는지 알면서 아니, 알지 못하면서, 모른 채로 수화기를 붙들고 울었다. 윤, 너는 왜 멀리 있어? 어린애처럼 칭얼거렸다.

언젠가 윤이 이런 말을 하던 게 생각난다. "이제 동네 엄마들과 어울리는 게 싫지가 않아. 예전엔 싫었는데 말이야. 사실 비슷한 환경에 있으니까 그 사람들이 더 의지가 되더라." 윤은 그렇게 말하고는 누가 초인종을 누른다며 전화를 끊었다. 나는 윤과 함께 앉아 있던 작은 벤치에서 스르르, 아무 무리도 없이, 밀려난 기분이 들었다. 우리는 서로의 삶 바깥으로 밀려나고 있었다.

윤이 보고 싶다. 이렇게 쓰고 나니 눈물이 후드득, 다된 이파리처럼 떨어진다.

윤은 대학 시절 내내 내가 시를 쓰면 제일 먼저 읽는 독자였다. 등단하고 나서는 "점점 네 시가 어려워져. 모르겠어, 이제"라고 말했지만. 윤은 내게 제일 중요한 독자였다. 오랫동안.

오늘 아침 소파에서 남편의 신간 시집을 읽다 이런 구절을 발견했다. "세월이 가면 우정은 사소해진다." 별일 없이 마음을 다치게 하네. 시는 이게 문제다. 읽다 자꾸 베인다. 다쳐도 피가 나지 않는 상처가 있다. 세월에 사소해진 내 우정이 아파서, 몇 년 만에 용기를 내 윤에게 문자를 보냈다. "어디에 있어? 보고 싶어." 돌아오지 않는 대답. 늘 숨기 좋아하던 윤이, 나에게만은 늘 숨은 곳을 알려주던 윤이, 이제 완전히 숨어버렸다. 윤은 지금 내게서, 좀 멀리 있고 싶은 건지도 모르겠다. 그냥 그런 생각이 든다.

어쩌면 윤은 지금 터널을 지나고 있는 중인지도 모른다. 다 지나고 나면, 새까매진 얼굴로 내게 돌연 연락을 해올지도 모른다.

나는 안다. 윤은 여전히 나를 사랑하고 있다. 맹목적인 믿음. 그애는 나를 사랑해, 라고 말할 수 있는 것만 우정이다. 나는 그애의 사랑을 한 번도 의심해본 적이 없다. 이렇게 오래, 연락이 안 되는 시간이 지속되어도.

그리워서, 피가 조금 묽어진 것 같은 기분이 든다.

2부   속아도 꿈결
　　　　　　　　　속여도 꿈결

슬픔에게도 기회를 주어야 한다

'나' 라는 싱싱한 상처

나뭇잎은 멍들었고, 가장자리부터 올이 풀리던 하늘은 급기야 사라졌다. 침대에 묶인 상념은 무엇에 사로잡혀 있을까.

당신 때문이다.

목에 박힌 복숭아 씨앗을 생각한다. 손끝으로 만지면 꿈틀, 아래로 쏟아져 사라질 듯하다 관성처럼 돌아와 전잔을 빼던 당신

목젖. 당신이 침을 삼키면 삼킬수록 복숭아 씨앗은 관성을 견디며 견고해진다. 당신이 아니라 당신 목젖 때문에 오늘밤은 상심으로 부푼 밤이다.

관성의 법칙에서 벗어날 수 없는 것들, 떠나고 싶지만 발이 묶인 것들, 동적이면서 동시에 부동인 것들, 하염없으면서 속절없는 것들은 슬픔에 속한다. 아주 오래전 가룟 유다가 사랑하는 자를 배신한 것도 관성의 법칙 때문이다. 당신에게서 도망가고 싶지만 또한 오래 머물고 싶기도 했을 가룟 유다를 생각하면 마음이 아프다. 그러니 사랑에 있어 영원한 배신도, 영원한 맹세도 없는 것이다.

상처는 지금 이 순간의 상처가 가장 싱싱하다. 오늘밤 침대와 나 사이에 복숭아 씨앗처럼 걸려 있는 당신. 누운 나와 앉아 있는 나와 엎드린 나와 서 있는 나를 따라다니며 딱딱한 존재로 살아 숨쉬는 당신은 밤의 시위대. 너무 많은 당신 때문에 상처는 더욱 싱싱해지고 내가 있는 이 공간은 좁아진다. 나는 어디에 머물러야 하나?

사랑을 잃은 자는 싱싱한 상처를 가진 눈먼 짐승이다.

3

잠들지 말라고 쇄골을 물어뜯는 밤,

그가 내 쇄골을 스윽 빼더니

손가락으로 튕기며 논다

어깨가 주저앉은 채로 그를 따라가며

병신걸음으로 늙는다

자꾸만 내 몸의 이파리가 썩고

나를 옮겨 심고 싶은데,

내가 잠긴 흙속에는 뿌리가 없다

4

담요를 몸에 두르고 앉았는데

그의 머리카락 한 올이 담요에 묻어 있다

오래 바라보다 옆에 가만히 내려놓는다

머리카락은 등을 구부정하게 하고 옆으로 누워 있다

이 가느다란 선線이

오늘밤 내게 온 슬픔이다

5

하야 옷을 입은 내가 걸어가고 있다

– 졸시 「연애편지 – 물속에서」 부분, 『속눈썹이 지르는 비명』 수록

내 걸음에 당신이 묻어 있다. 나는 당신을 뒤집어쓰고, 흰 걸음으로 나아간다. 앞으로 나아가며 뒤를 생각한다. 오래전 당신 곁에 누워 움푹 파인 쇄골에 반짝이는 빛을 모으던 때가 있었다. 그러나 오늘 나의 진보는 당신을 잃었다는 사실이다. 이 걸음은 멈추지 않고 먼 곳으로, 더 나아가야 한다.

등이 많은 여행

한때 여행旅行을 여행餘行이라고 생각한 적이 있다. 여행이란 심적, 육체적, 경제적으로 여유로운 사람들이 한가할 때 떠나는 것이 아닌가, 생각하며 내심 여행에 대해 삐딱한 마음을 품기도 했다. 여행에 대한 그럴듯한 식견이나 다양한 경험도 없고, 먼 곳으로 떠나본 적도 없으니 여행이란 말 자체에 주눅이 들어 있기도 했을 것이다.

여행의 목적은 '목표한 장소에 도착하는 것'이 아니다. 여행은 장소보다 '장소를 향해 나아가는 상태'를 중시한다. 여행은 '오다'보다는 '가다'라는 동사와 더 잘 어울린다. '오다'라는 말 속에 담긴 수동성과 기다림, 한 방울의 초조함, 숨은 기대에 반해 '가다'라는 말에 담긴 돌아선 등, 힘을 뺀 손, 숨죽인 그늘, 한 방울의 체념이 여행과 더 어울리는 것이다(체념이 한 방울뿐인 이유는 새로운 곳에 대한 욕심이 발을 움직이는 것이 여행이기 때문이다). '나그네가 가다'라는 의미를 내포하고 있는 여행旅行은 그래서 언제나 앞보다는 뒤이고, 얼굴보다는 등에 가깝다. 등이 많은 여행, 떠난 곳에 대한 향수가 희미하게 배어나는 여행이 잘한 여행이라고 나는 믿는다.

비록 여행에 대해 문외한일지라도 '상처가 나를 데리고 가는 여행'에 대해서는 조금 안다. 상처가 나를 데리고 가는 여행에서 장소는 중요치 않다. 도심에서 벗어나 강이나 바다가 있는 곳, 혹은 나무들이 초식동물처럼 순하게 모여 있는 곳, 인적이 과하지 않은 곳이면 족하다.

나는 욕심 없이 그저 상념과 기분에 끌려다니는 여행을 좋아하는데, 이런 여행이 꼭 수동적인 것은 아니다. 특히 내면의 상처가 싱싱할 때는 쫙 벌어진 상처를 눈 삼아, 세상을 낯설게 볼 수 있다. 나무나 풀, 하늘, 바람 속에 내가 머물고 있음에 놀라며, 타인들이 멀지 않은 곳에서 숨쉬고 말하며, 웃고 움직이고 있음을 낯선 방식으로 느낄 수 있다.

여행지에서 병

모가지가 아프다. 당신 때문이다.

열렬한 상념.

신병을 앓듯 당신을 앓았으니 이곳에서 치성이나 드리고 가면 되겠다. 사랑을 잃고 떠난 여행은 죽은 사랑에게 예의를 갖추고, 조문을 가는 일이다. 괜찮다. 바다는 나보다 더 많이 울었고, 하늘은 나보다 더 오래 매달려 있었다. 봄이 풀피리 소리를 닮은 방귀를 뀌어 내가 한동안 웃었고, 즐거웠다고 생각한다. 괜찮다.

병이 나는 것은 퍽 괜찮은 일이다. 앓아눕는 것은 더 근사하다. 무엇 때문이라도 좋으니 우리는 좀더 자주 앓아야 한다. 아프다는 것은 살아 있는 자만의 특권이다. 죽은 자는 더이상 아프지 않다. 저기 그림자가 희미해진 여자가 상처를 부여잡고 걸어온다. 아름답다. 저 여자는 참 잘 살고 있구나, 생각.

비가 왔고 다시 날이 갰고 나뭇잎이 흔들렸다. 먼 곳에서 온 당신은 내 발가락 끝으로 들어와 동그란 무릎에 오래 머물다 머리카락 끝으로 빠져나갔다. 무릎이 멍든 이유는 당신이 나를 사랑했기 때문이라고 믿어본다. '멍이 들다'는 말의 중심을 통과하다 발목이 꺾인다. 멍은 드는 것이로구나. 나뭇잎이 물들 듯, 우리가 서로를 예뻐하면 곳곳에 서로의 물이 들 듯, 멍도 내 몸에 드는 일이구나. 멍이 들거나 상처가 생기는 것이 꼭 나쁜 일만은 아닐지 모른다.

여행지에서 단상

어느 책에서 읽었는지 도무지 기억나지 않는데, 내 머릿속에 오래 남아 있는 단상이 있다. 세상의 모든 동물 중에서 나체가 누드가 되는 동물은 사람이 유일하다는 것이다. 옷을 벗는 순간 육체의 '표면'이 '내부'의 연약함, 혹은 부끄러움과 연결되는 동물은 사람이 유일하다는 것! 비단 육체의 문제만이 아닐 것이다. 일상에서 우리는 얼마나 자주 표리부동한 행동을 일삼고, 화장한 생각을 진실인 양 표현하며 살았던가? 생각을 벗기면 생각의 누드가 드러날까?

그렇다면 상처가 나를 데리고 떠나는 여행에서만큼은 자아의 표면과 내면이 합일되는 순간이어야 한다. 생각의 누드를 마음껏 뽐내며, 침묵과 말 사이의 어색함에서 벗어나 원하는 만큼 말하고, 원하는 만큼 침묵하며, 조금은 감정에 헤퍼지기도 하고, 오늘을 함부로 사용하며 '그냥 순도 높은 동물'로서 돌아다닐 수 있어야 한다. 이때 상처는 얼룩이 아닌 무늬가 될 수 있을 것이다.

여행지에서 낚시

바다 앞에서 밑밥을 던지자.

내가 오래 붙들고 늘어져 구닥다리 스카프처럼 되어버린 상념들을

손바닥으로 동글동글 굴려, 주먹밥처럼 만든 후, 던지는 것이다.

바다가 잡아먹을 수 있도록.

나는 가벼워지고 바다는 무거워지리라.

상상한다. 부처 앞에서, 성황당 앞에서, 조용한 절 마당 앞에서.

바람이 허공에 쌓인 돌멩이들을 쓰다듬고 있다.

내 안에 있는 돌멩이들이 자글자글 끓어오른다.

허공에다 돌멩이를 하나 올려놓고, 떨어뜨린다.

돌멩이를 꺼내 올려놓고 떨어뜨리기를 반복하다보면 마음이 점점 가벼워진다.

반복은 단순함의 심연인가보다.

여행지에서 쪽지

그 사람은 이번 여행에서 내내 함께했고, 내내 없었다.

사랑이

자주 하는 거짓말.

여행의 끝

사랑에 대한 생각은 여러 번 수정되었다. 여행이나 인생, 상처, 용기, 배신 같은 거창한 화두에 대한 생각이 여러 번 수정되었듯이. 앞으로도 생각은 여러 번 수정되며 견고해지다, 돌연 파괴될 것이다.

분명한 건 마음이 아프다는 것이 마음이 아프다는 생각을 앞질러 당도했을 때는 떠나야 한다는 것이다. 슬픈데 눈물조차 나지 않을 때, 그리하여 마음 가장자리가 수분 부족으로 균열을 일으키며 메말라갈 때, 슬픔의 가뭄 속으로 자신을 밀어넣고 있을 때는 분명히 떠나야 한다. '여행'이라는 거창한 이름을 붙일 필요도 없다. 그냥 상처가 나를 데리고 가는 일에 몸을 맡기면 된다.

사람들은 마음이 아플 때 건강하고 강하게 이겨내는 방법으로 슬픔이 자신을 비껴가도록 내버려둬야 한다고 착각하곤 하는데, 이는 건강한 방법이 아니다. 멍울진 감정이나 체한 슬픔을 해결하기 위해서는 슬픔에게도 기회를 주어야 한다. 슬플 기회를!

무언가 때문에 상심해 있다면 자신에게 자연스럽게 다가오는 슬픔을 피하지 말고, 같이 여행을 가자. 상처가 나를 데리고 떠나는 여행이 끝날 무렵, 딱지 앉은 상처를 이제 내가, 데리고, 돌아오면 된다. 그렇다. 다시 관성의 법칙이다. 떠났으니 돌아오는 것, 피 흘렸으니 아물기를 기다리는 것.

단단한 생각에 마침표를 찍는 일이 여행이다. 당분간 나는 이 단단한 생각을 가방처럼 메고, 일상을 거닐 것이다. 생각이 물렁해질 즈음 다시 가방을 싸게 되겠지? 아무리 나쁜 여행일지라도 여행은 생각을 싱싱하게 자라게 한다.

불어오는 것들

T에게

*

밤새 비가 내렸나보다.

창문을 열고 밖을 내다보니 거리가 젖어 있어. 숨을 깊이 들이마시니 젖은 나무의 몸냄새가 콧속으로 훅 밀려들어온다. 얼마 전까지 맞은편 집에 핀 라일락 향기 때문에 황홀했는데, 지금은 지고 없다. 향기는 형체도 없이 피어나 공간을 가득 채우고는 돌연 사라지지. 음악과 닮았어.

내가 가장 좋아하는 음악은 처음 듣는 음악이야.

가령 카페에 앉아 일을 할 때. 텍스트를 읽거나 지겨울 때 낙서도 하면서 시간을 보내는데 문득 어떤 음악이 들려올 때가 있어. 처음 듣는 음악. 그것은 흐르는 시간과 타성에 젖은 의식을 잠깐 동안 멈추게 하지. 움직이던 손가락과 눈꺼풀을 멈추게 해. 마치 뇌에 은하수를 붓는 느낌이야.

지금 나는 영화 〈셰르부르의 우산〉 주제곡을 듣고 있어. 이 음악에는 실패한 사랑에 대한 처연함과 돌아갈 수 없는 시절에 대한 애수가 담겨 있지. 이상하지. 백 마디의 '의미'보다 몇 분간 들리는 '무의미'로 이루어진 선율이 마음을 움직이는 일이 더 많다니. 말할 수 없는 것들을 음악이 말하지. 이렇게 효과적인 언어가 있을까?

지금도 나는 기다려. 처음 듣게 될 음악을.

*

음악, 여행, 사람, 날씨, 꽃.

이들의 공통점은 '태풍'을 몰고 올 가능성이 있다는 거야.

불어오는 것들 중 제일은 음악이지.

*

그것은 태풍하고 같이 왔지. 태풍보다 먼저, 혹은 조금 늦게, 겨루기를 하면서.

*

무슨 얘기를 하고 싶은 거냐고, 너는 고개를 갸웃거리고 있을지도 모르겠다. 미안. 태풍과 같이 한 여행에 대해 이야기하고 싶었는데, 그만 빙빙 돌고 말았다. 굉장했거든.

떠나기 전에는 몰랐지. 태풍이 멀리서부터 우리를 따라오고 있다는 것을.

알 길이 없었지.

*

짐을 들고 JJ의 집에 도착했을 때만 해도 신났어. 통영에 갈 생각을 하며, 몇 날 며칠을 들떠 준비했지. 2012년 8월 하순이었고, 아껴둔 여름휴가를 떠나기로 한 날이었지. 간단하게 짐을 체크하고 떠들며 웃었지. 그런데 내가 오래 고민하던 어떤 문제에 대해 얘기를 하다, 말다툼으로 번지고 말았어. JJ는 '객관적인 사실'에 입각해서 조언을 해준다고 한 거였는데, 그놈의 '객관적인 사실'을 확인하고 받아들일 만큼 내 자존감이 튼튼하지 않은 날이었지. 그런 날이 있잖아. 가벼운 말에 성이 나서 발톱을 세우게 되는 날. 못생긴 나를 마주하는 날. 우리는 한 시간 동안이나 말없이 있었어. 마치 말하면 죽는 동굴에 들어와 있는 사람들처럼, 입을 굳게 닫고 심각한 표정을 지으며 고개를 돌린 채 앉아 있었지. 여행을 취소할까 생각했지만, 한순간의 기분 때문에 휴가를 망쳐버린다는 게 한심한 일 같아 보였지. 예약해둔 리조트 비용은 또 어떻고.

"가자."

우리는 못 이기는 척 짐을 챙겨 내려갔지. 기분이 말끔히 풀어졌냐고? 말도 마. 홍대에서 평택까지, 차를 몰고 가면서 서로 한마디도 안 했단다. 말하면 죽는 동굴이 '차'로 바뀐 거지. 화가 몸을 잠식한단다. 머리는 아프고, 눈은 충혈되고, 입꼬리는 아래로 축 쳐졌지. 이래 가지고는 여행 가는 의미가 없겠다 싶어, 우리는 화해를 했단다. 밑도 끝도 없이 우리 풀자고, 서로 머리 아프다고, 싸울 일도 아니었다고 그랬지. 통영까지 이렇게 가다가는 병날 것 같더라고.

'가을방학'의 앨범 〈가을방학〉을 들으며, 아래로 아래로 내려갔어. 〈속아도 꿈결〉이라는 노래를 특히 좋아하는데. 이상의 소설 「봉별기」의 마지막 구절에서 따온 제목이야. 금홍이와 이상이 이별하는 장면에서 "속아도 꿈결, 속여도 꿈결"이라는 기막힌 구절이 나오지. 내가 네게 속는다 해도, 혹은 네가 나를 속인다 해도, 모두 꿈결이라니! 별수 있나. 가벼운 신발을 신고 평지를 걸어가는 기분을 느끼고 싶어 그 앨범을 반복해서 들었어. 얼굴을 점령했던 열이 아래로 내려가고, 어깨에 얹은 돌멩이도 작아졌어.

*

통영 바다. 색은 깊고 진한데, 물결이 잔잔해서 바다보다는 강 같았어. 장거리 운전으로 피곤해하는 JJ에게 쉬라고 하고, 나는 리조트에서 자전거를 빌렸어. 바다를 끼고 자전거를 탈 수 있게 만든 도로를 달렸지. 얇은 셔츠를 뚫고 들어오는 바람의 질감이 좋더구나. 아, 이게 사는 거구나! 역시 오기를 잘했어! 감탄하며 한 시간가량 자전거를 탔어.

자전거를 반납하고, 리조트로 돌아오는데 바다가 너무 잠잠한 게 걸렸어. 화창하다고는 할 수 없지만 흐리다고도 할 수 없는 묘한 날씨였어. 아주 먼 곳에서부터 어두운 구름 한두 무리가 슬금슬금 기어오고 있다고 해도 믿을 법한, 비밀이 많은 날씨 같았지.

아니나 다를까. 그날 밤부터 뉴스에서 태풍 관련 보도를 내보냈어. 2012년 여름, 태풍 볼라벤을 기억해? 뉴스에서는 "북서태

평양에서 발생한 열다섯번째 태풍 볼라벤이 오키나와를 거쳐 한반도로 북상하고 있다"고 속보를 내보냈어. 태풍이라니!

*

리조트 밖으로 난 자전거 도로는 통제됐어. 태풍의 피해를 줄이고자, 리조트 직원들이 유리창에 신문지를 붙였고, 날아갈 위험이 있는 물건들을 건물 안으로 죄다 들여놓았어. 태풍이 닥치기 전에 서둘러 리조트를 떠나는 사람들로 분위기는 어수선해졌지. 우리도 서울로 돌아갈까 고민했지만, 다섯 시간을 다시 달려 돌아갈 기운이 없었기에 머물기로 했어. 될 대로 되라는 심정이었어. 정말 태풍이 올까? 바람이 거세지는 정도를 느껴보기 위해 이따금 밖으로 나가보았지. 작은 바람들이 큰바람이 온다고 소문을 퍼뜨리는지, 나뭇잎이 수런거리며 흔들렸어.

그곳에서 우리가 할 수 있는 일은 '태풍을 기다리는 일' 뿐이었어. 제발 무사히 이곳을 통과해, 피해를 남기지 않고 잘 빠져나가주길 기도하는 일뿐. 리조트에서는 바깥출입을 가능한 삼가고 뉴스에 귀기울이라고 당부했어. 나는 자전거를 타던 바닷길을 유리창 너머로 바라보며 갇히고 말았지.

그날 저녁. 창밖을 살피다 알게 됐어. '태풍 전야'라는 말의 정확한 뜻을.

그것은 어둡고, 조용하고, 미스터리한 가운데 '태풍의 씨앗'들의 숨은 몸짓을 감지하는 일이야. 어떤 기미. 아주 먼 곳에서부터 거대한 무언가가 오고 있음을 '실감'하는 일! 무언가의 존재가 다가오고 있음을 그토록 분명하게 느껴본 적은 이전에도, 이후에도 없었어. 자연의 존재를 비로소 실감했단다. 바다는 침울한 청년처럼 잠잠했지. 하늘은 어둡고 붉고 이상한 빛마저 감돌았어. 조금 설렜단다, 철없이. 태풍이 오고 있다. 이쪽으로!

다음날, 뉴스에서는 태풍이 한반도 남쪽을 통과하고 있다고 했어. 우리는 뉴스를 크게 틀어놓고 방에 갇혀 창밖으로 나무 허리가 휘청휘청 기우는 것을 바라보았어. 나무가 꼭 뽑힐 것처럼 보여 두려웠어. 실체가 드러났지. 바로 저거야! 너무 거대해서 형체가 보이지 않지만, 주위에 있는 것들을 벌벌 떨게 하고 휘청거리다 쓰러지게 만드는 것! 참을 수 없다는 듯, 비가 퍼부었어.

이렇게 가까이서 태풍을 바라본 적이 있던가? 통영에서 맞은 태풍. 나는 베토벤의 피아노 소나타 No.17 〈템페스트〉의 제목이 왜 템페스트(폭풍)인지 알 것 같았어. 창밖으로는 광분한 바람들이 몰려다니지, 하늘에는 먹구름이 가득하지, 개미 한 마리 없이 거리는 쓸쓸하지. 밖에는 '바람의 미친 기분'만 존재하는 것 같더라.

내게 꼭 저런 기분이던 때가 있었는데. 10여 년 전, 고시원에서 두 달 동안 산 적이 있어. 침대 위에 엎드려 일기를 쓰곤 했던 방. 손바닥만한 창문도 없는 좁은 방이었어. 그 방에는 작은 텔레비전이 하나 있었는데, 나는 종종 EBS 채널을 틀어놓고 라디오처럼 소리만 들었어. 적적했으니까. 어느 날, 고개를 번쩍 들고 텔레비전 볼륨을 높이게 된 일이 일어났지. 검은 양복을 입은 외국인 피아니스트가 피아노를 치는데, 그 미친듯이 흘러가는 선율이 꼭 내 내면 같아서 펑펑 울었어. 음악을 들으며 그렇게 울어본 적이 없어. 그날 들은 음악이 바로 베토벤의 피아노 소나타 No.17 〈템페스트〉였어. 노트 구석에 제목을 적어놓았지. 한바탕 폭풍이 휩쓸고 지나간 것처럼, 마음속이 휑하더라. 다 날아가버린 것 같았어. 고뇌. 폭풍, 폭풍, 폭풍, 태풍.

뉴스에서는 그날 밤이 고비라고 했어. 무서웠어. '도로시'처럼 태풍에 휩쓸려간다면 그것도 좋겠다 싶었지만, 안전하게 살아서 서울로 돌아가고 싶은 마음도 컸단다. 리조트 벽장에 있는 이불이란 이불은 다 꺼내서 바닥에 깔고, 조마조마한 마음으로 잠들었어. 우습지? 이불을 푹신하게 깐들, 정말 태풍에 휩쓸려갈 것이라면 날아가지 않고 버틸 재간이 있겠니? 그렇지만 그때는 그게 할 수 있는 최선이었어.

*

다음날 비가 좀 그쳤어. 태풍은 이제 위로 진로를 바꿀 것 같다고 했어. 다른 곳에서는 피해가 있었던 모양인데, 통영은 다행히 무사히 지나가는 듯 보였어(나중에 알아보니 우리나라에서는 열아홉 명이 숨지고, 북한에서는 쉰아홉 명이 숨지는 등, 큰 피해를 준 태풍이었다고 하더라). 1층에 있는 편의점에서 김밥과 라면을 사다 먹는 게 물린 우리는 비가 그친 틈을 타 리조트에서 100미터가량 떨어진 횟집에 가기로 했어. 건물 앞을 나서자마자 나는 돌아섰어. 눈도 제대로 뜰 수 없게 강하게 불어오는 바람에 당장이라도 휩쓸려갈 것 같았어. JJ는 도망가는 나를 잡고, 꼭 붙어서 같이 가면 금방 도착할 거라고 설득했지. 회를 먹기 위해 목숨까지 걸어야 하나, 두려웠지만 도전했어. 양발에 모래주머니를 달고 걷는 기분이더라. 내가 수수깡처럼 가볍게 느껴졌어. '해님과 바람'의 싸움에서 왜 해가 이겼는지 알겠더라! 입고 있는 옷자락의 모든 단추를 채우고도 양손으로 옷을 꽉 움켜쥐고 걷게 되더라고. 태풍을 뚫고, 회를 먹고, 술도 한잔하고 무사히 살아 돌아왔단다.

다음날 돌아가야 하는데, 태풍이 서울로 가는 경로를 따라 북상하고 있다는 거야. 하루 더 묵었다 갈까 고민했지만, JJ가 또 용기를 내자고 해서 무모하게 길을 나섰지. 자동차가 붕 뜨는 느낌 아니? 그런 기분 느껴봤어? 누가 등뒤에서 자동차를 밀어주는 기분이라니까. 비는 앞이 안 보일 정도로 쏟아지고, 바람이 거세 창문은 열 수도 없고, 태풍 탓에 고속도로에는 달리는 차도 없고. 차체가 바람에 미세하게 흔들리며 앞으로 나아갔어. 무시무시한 태풍과 '함께' 서울로 돌아가는 길! 맙소사. 우리가 태풍을 몰고 올라가는 기분이었다니까. 살아 있는 것에 감사해. 고속도로가 얼마나 무섭던지!

*

지금 나는 〈템페스트〉를 듣고 있어. 이 휘몰아치는 선율이라니. 이게 바람의 목소리가 아니고 무엇이겠니? 어떻게 잊겠니. 폭풍처럼 울던 날들. 태풍과 함께한 밤, 태풍과 나란히 달리던 고속도로를. 무엇보다 방 안에서 태풍이 성큼성큼 걸어오는 기척을 감지하며 울렁이던 배 속의 아지랑이, 아지랑이, 아지랑이들.

생각하면 조금 슬프다. 누군가는 죽었으니까.

4월에 많은 사람들이 죽고 나서, 템페스트를 떠올렸어.
나쁜 날씨는 나쁜 어른들이 몰고 오지.
정신을 똑바로 차리면 모든 게 무섭거나, 슬프구나.

잘 지내렴. 안녕.

여행 사용법

프라하에서

잠은 여행으로 가는 승차권

일반적으로 많이 쓰이는 '잠'의 의미는 눈을 감고 쉬는 상태겠지만, 내가 가장 좋아하는 의미는 '누에가 허물을 벗기 전에 뽕을 먹지 않고 잠시 쉬는 상태'라는 뜻이다. 누에가 잠시 쉬는 상태라는 말이 좋아 잠들기 전 누에가 되는 상상을 해본 적도 있다. 다리도 팔도 없이 둥그런 잠을 이루는 상상.

어쩌면 여행은 허물을 벗기 전 누에처럼, 일상을 잠재우고 새 날을 얻기 위해 게으름을 피우는 일일지도 모르겠다. 일상의 정전 상태! 잠은 여행으로 가는 승차권이다. 프라하의 거리들, 돌로 된 바닥과 오래된 건물들(그들의 우아함과 품격), 블타바강을 지키는 카를 다리와 다리 위 조각상들. 지금도 눈에 아삼아삼하다.

바람이 말달리는 아침

눈을 뜨니 5시 40분, 프라하에서 맞는 첫 아침이었다. 모스크바를 경유하는 긴 비행을 거쳐 지난밤 프라하에 도착했던 일이 까마득하게 느껴졌다. 샤워를 하고 카펫 위에 서서 화장을 하는데, 창밖을 지나는 바람 소리가 유난하게 들렸다. 눈썹을 그리다 말고 애인에게 물었다. 프라하의 바람 소리가 '말을 타고' 오는 것 같이 들리지 않느냐고. 근사한 표현이라고 칭찬을 듣길 바라며 그를 바라보았다. 그는 내가 생각한 표현이 사실 시인 정지용이 「향수」라는 시에 이미 표현했음을 친절하게 지적해주었다. 정말? 그 유명한 시에 이런 멋진 구절이 나온단 말인가? 기억을 더듬어보려고 속으로 노래를 불러보았다. 이런.

"질화로에 재가 식어지면 비인 밭에 밤바람 소리 말을 달리고"

엷은 졸음을 깨려고 노력하며, 정지용 시인을 원망했다. 일제 강점기 조선 땅에서도 말을 타고 달려오는 바람 소리는 있었으니, 바람은 조선이니 체코니 부지런히 쏘다니는구나.

프라하에서 맞는 첫 아침이었고, 생일이었고, 정지용과 내 생각이 몰래 겹쳐지는 날이었다. 애인은 하이쿠에 대해 쓴 긴 글을 읽어주었다. 화장을 마무리하는 동안 방 안을 흘러다니는 문장들을 삼키기 위해 귀가 커다래졌다. 태어나서 가장 행복한 생

97

일이란 게 있다면 오늘일지도 몰라. 입술을 칠하는 손이 떨렸다. 창밖에선 프라하의 가을이 나뭇잎을 떨어뜨리고 있었다.

꽃을 위해 들이는 시간

바츨라프 광장으로 이동하기 위해 호텔 근처 안델역으로 갔다. 때마침 안델역 앞에 장이 서는 날이었다. 쿠키, 잼, 술, 빵, 소시지, 꽃, 앞치마, 그릇, 채소와 과일 등 다양한 품목들이 천막 아래 펼쳐져 있었다. 역 근처를 지나는 프라하 시민들이 줄을 서서 꽃을 사는 풍경을 봤을 때는 놀라움을 감출 수 없었다. 꽃을 사려고 차례를 기다리는 사람들의 풍경이라니! 바쁜 아침 시간을 꽃을 위해 할애하는 모습이 인상적이었다. 무언가를 위해 줄을 서야 한다면, 꽃을 사기 위해 줄을 서는 게 가장 근사한 일일 거라는 생각이 들었다. 쿠키를 파는 여자 옆에서 멍한 표정을 짓고 있던 꼬마가 먼 나라에서 온 나를 구경하고 있었다.

"세상의 모든 아침은 다시 오지 않는다"고 파스칼 키냐르가 썼던가? 프라하에서 첫 아침은 다시 오지 않을 순간이다. 가장 좋은 아침은 내가 발견하기 전에는 찾아오지 않는다.

행복은 근사치다

바츨라프 광장을 시작으로 프라하의 구시가지와 신시가지를 두루 구경했다. '벨벳혁명'의 중심지이자 '프라하의 봄'으로 유명한 바츨라프 광장을 직접 보니 여행 오기 전 살펴봤던 시시콜콜한 정보들이 떠올랐다. 밀란 쿤데라나 프란츠 카프카를 비롯해 많은 작가들이 사랑한 도시에 내가 서 있다는 사실이 두근거렸다. 릴케가 시를 썼다는 카페에도 가보고 싶었지만 찾지 못했다.

카를 다리 위에서 블타바강을 내려다보는 일은 근사했다. 행복한 표정을 짓는 사람들 옆에서, 나는 같이 온 사람에게 "지금 보이는 저기, 저 지붕들의 색깔만큼 행복해"라고 말해주었다. 얼마나 평온하고 예뻐 보이던지 지붕 쪽으로 쏟아지고 싶었다. 다리 위에서 초상화를 그려주는 화가들과 액세서리를 파는 사람, 개와 함께 앉아 있는 거지, 강 위에 떠 있는 백조들, 근사하게 늙은 브리지밴드를 보며 한참을 서 있었다. 행복은 근사치다. 절대치가 아니다. 그 순간 카를 다리 위에서, 나는 행복에 가장 근접한 사람이었다.

오래된 건물들을 살피며 한참을 걷자 유대인 지구가 나왔다. 돌바닥으로 된 골목길을 누비니 유대인 관련 서적을 파는 작은 서점이 나왔다. 기념으로 체코어로 된 책 한 권과 카프카의 얼굴이 실린 작은 달력을 몇 개 샀다. 유대인 지구의 골목을 혼자 보기 아까워 스마트폰으로 사진을 찍어 한국에 있는 몇 사람에게 보냈더니, 사진을 받고 한 선생님께서 답장을 하셨다.

"오래된 좁은 골목과 보도블록이 마음을 아득하게 하는구나. 카프카네 늙은 고모님이라도 만날 것 같구나."

두리번거리며 카프카네 늙은 고모님을 찾아보았다. 기다리고 있으면 정말, 만날 수도 있을 것 같았다.

다툼은 여행을 오래 살게 한다

문제는 카프카였다. 카프카 박물관에서 동굴처럼 꾸며놓은 내부 장식과 독창적으로 전시된 자료들을 잘 보고 나온 것까지는 좋았는데, 결국 카프카적인kafkaesk 일이 생겨버렸달까. 우리는 박물관 1층에서 방명록을 쓰다가, 방명록을 펼쳐놓은 채 싸웠다. 별것 아닌 일로 감정이 상했다. 카프카의 소설처럼 암울하고 부조리한 생의 단면을 보았다는 듯이, 서로에게 넌더리가 난다는 듯이 험악한 표정을 지었다. 불과 몇 분 전까지만 해도 세상에서 가장 행복한 사람, 행복한 지붕이었는데 이게 뭐지? 박물관을 나와서 도로를 사이에 두고 그와 멀찍이 떨어져 걸었다. 누군가 먼저 사과해야 하는데, 서로 침묵했다. 그를 따라가지 않을 것처럼, 혹은 따라가기 싫은 것처럼 느리게 걷다가 결국 길이 갈라지는 지점에서 만났다. 배가 고팠기 때문에 밥이나 먹자고 합의한 우리의 표정은 까마귀처럼 냉랭했다. 어느 식당을 들어갈지 결정하는 것을 두고도 신경전이 있었다. 나는 프라하까지 와서 이탈리아 식당에 들어가고 싶지 않다고 했고, 그는 내 성격이 별나 낯선 음식을 보고 저응하지 못할 게 분명하다며 익숙한 이탈리아 음식을 먹자고 우겼다. 화가 머리끝까지 났지만 더 싸우기 싫어 이탈리아 식당에 들어갔다.

식당 안은 음악도 흐르지 않고, 덥고, 문을 활짝 열어놓은 탓에 분위기도 없고, 하필 문 바로 앞자리를 안내받았기 때문에 길바닥에 앉은 것처럼 휑한 기분마저 들었다. 게다가 맞은편에는 우리보다 더 험악한 분위기의 '부부'로 짐작되는 중년 커플이 앉아 있었는데, 곧 이혼이라도 할 것 같았다. 이 풍경이 우습다고 생각했지만 웃지 않았다. 설상가상으로 음식을 시켰는데 메뉴판을 잘못 봤는지 엉뚱한 요리가 나왔다. 그는 소고기 요리를 주문했는데 토마토소스 스파게티가 나왔고 나는 크림파스타를 주문했는데 만두같이 생긴 요상한 요리가 나왔다. 따져 물을 기운도 없었다. 게다가 가격이 1100코루나라니, 우리 돈으로 6만 원 가까운 돈을 주고 원하지 않는 음식을 먹게 되었다. 우리는 한층 더 침울해져 말없이 음식을 먹고 있는데 맙소사! 그 순간 웬 거지가, 열어놓은 식당 문 앞에서 비명을 지르듯이 엉엉 우는 게 아닌가. 얼마나 서럽게 울던지, 마침 울고 싶었던 내 마음이 쏙 사라져버렸다. 재밌는 것은 그때 거지가 우는 통에 내 마음이 확, 풀어졌다는 것이다. 왜인지는 모르겠다. 거지가 그토록 목을 놓아 우는데 40퍼센트는 웃겼고, 30퍼센트는 슬펐고, 20퍼센트는 놀랐고, 10퍼센트는 숙연한 마음이 들었다. 그 광경이 지금까지도 생생하게 떠오른다.

다음날 아침, 우리는 그날 하루는 각자 여행하기로 하고 씩씩하게 헤어졌다. 그런데 신기하게도 점심 무렵 프라하의 오래된 시계탑 앞에서 '우연히' 다시 만났다. 내 어깨를 툭 치는 사람이 있어 놀랐는데 그 사람이라니! 그는 나와 다른 경로를 통해 다른 것을 구경하고 이곳으로 왔다고 했다. 수많은 관광객들 사이에서 그를 다시 만나니 반가웠다. 하벨시장에서 곧바로 성을 보러 가려다 왠지 내키지 않아 주변을 맴돌고 있었는데, 그를 만나기 위해서였나? 우리는 (이번에는) 사이좋게 점심을 먹었고, 공원 벤치에 앉아 쉬었다. 그는 내 무릎에 머리를 대고 누웠고, 나는 흔들리는 나무들 앞에 마음을 뉘었다.

다툼은 여행을 힘들게도 하지만 오래 기억하게 한다. 지금도 식당 앞에서 울던 거지 얘기를 하며 나는 배를 잡고, 그는 껄껄 웃는다. 이게 다 카프카 때문이라고 떼를 써보며. 그날의 여행은 아직도 죽지 않았다. 우리가 열렬히 다퉜기 때문에, 거지가 목놓아 울었기 때문에 그날 여행은 오래 살 것이다.

　혼자 트램 정류장에서 헤매고 있는데, 은발의 노신사가 도움이 필요하냐고 물었다. 나는 성으로 가는 트램을 타고 싶다고 했고, 그는 자기집이 성 근처라며 함께 가자고 했다. 짧은 영어 실력으로, 유창한 그의 영어를 알아듣기 위해 진땀을 흘렸다. 그는 지금은 은퇴했지만 한때 체코의 공무원으로 어느 장군의 저택(관광지 중 하나인)에서 근무했단다. 성으로 가기 전에 그가 꼭 보여주고 싶다는 장군의 저택을 들러 구경했다. 정원이 근사한 곳이었는데, 한 창문을 가리키며 저기가 자신이 근무했던 곳이라고 알려주었다. 트램을 같이 타고, 성 앞까지 나를 데려다주는 내내 그는 자신이 프라하를 얼마나 사랑하는지 얘기했다. 나도 저 나이가 되었을 때 조국을 저렇게 사랑할 수 있을까 고민해보는데, 그가 의외의 이야기를 꺼냈다. 예전에 북한의 한 학생이 체코에 머무른 적이 있었는데 늘 슬퍼했다는 것이다. 그 학생은 프라하에 계속 머무르고 싶어했는데 자유롭지 못한 자신의 처지 때문에 힘들어했단다. 그의 이야기를 듣고 내가 북한 사람을 한 명도 만나보지 못했다고 말하자 그는 안된 일이라고 말했다. 나 또한 슬픈 일이라고 대답했다. 기분이 이상했다. 나는 한 번도 만나보지 못한 북쪽에 사는 내 민족을, 체코 사람이 만나보았다니. 우리나라가 분단국가라는 '인식'은 오히려 '먼 사실'일지도 모른다. 내가 같은 민족을 만나지 못한 채 살아가고 있다는 사실을 외국에서, 외국인을 통해 실감하는 것은 직접 체험이다. 밖에 나오니 '당연한 사실'로 여겼던 것에도 놀라게 된다.

성은 넓고 넓었다. 혼자 유럽여행중이라는 한국 학생과 잠깐 수다도 떨고, 동화 속에서 튀어나온 것 같은 성의 구석구석도 구경했다. 문제는 밖으로 나가고 싶은데 출구를 못 찾아 30분가량을 헤매는 길치가 나라는 사실이다. 엉뚱한 곳을 뱅뱅 돌다 다리가 아파 멍하니 앉아 있었다. 해가 지고 있고, 초조했다. 카프카의 소설 「성」의 주인공은 성에 들어가지 못해 괴로워했는데, 나는 나가지 못해 괴로워하고 있었다. 나는 널따란 성에 갇혀(?), 여행에서 가장 중요한 것은 결국 여행자라는 것을 깨달았다. 마음이 방황하자 대단하다는 프라하의 성도 그저 감옥으로 보였다. 사람들에게 물어보고 싶었지만 (영어로) 뭐라 해야 할지 말이 생각나지 않았다. 나가고 싶어요. 출구는 어딘가요? 밖은 어디에 있나요? 성이 너무 커요. 주눅이 든 나는 국제 미아가 된 기분으로 시무룩해져 있다가 방법을 생각해냈다! 구글 지도를 켠 것이다(스마트폰의 이름을 인정한 순간). 카를 다리를 검색한 후 무조건 화살표가 가리키는 방향으로 나아갔다. 기나긴 길들을 거쳐 한 100년쯤 내려오자, 드디어, 트램이 지나다니는 길이 나왔다. 지금도 프라하를 생각하면 즐겁지만 성을 생각하면⋯⋯.

부다페스트, 음울하고 아름다운!

열일곱 살 때 시 속에서 부다페스트를 만났다. 김춘수의 「부다페스트에서의 소녀의 죽음」이라는 시에서였다. 시 속 부다페스트에는 다뉴브강이 흘렀고, 소련제 탄환에 맞은 열세 살 소녀의 죽음이 있었다. 침대에 누워 자주 그곳에 대해 상상했다. '부다'와 '페스트'라는 어감이 합쳐져 생경한 느낌을 자아내는, 그곳은 어떤 곳일까? 소녀는 "쥐새끼보다도 초라한 모양"으로 쓰러져 죽었다는데, 그 위험하고 낯선 도시는 어떤 빛깔일까 궁금했다.

오랫동안 부다페스트는 아름답고 연약한 것들이 쓰러져 죽는 곳일 거라고 상상했다. 생각만으로도 먼 곳에서부터 흘러온 어떤 '불안'이 안온한 내 침대 위를 적실 것처럼 느껴졌다. 소녀는 열세 살에 머물러 있었지만, 그후로 나는 꾸준히 나이를 먹어 서른네 살에 처음으로 부다페스트에 가게 되었다. 프라하에서 일곱 시간 동안 기차를 타고, 켈레티 푸역에 내리니 이미 늦은 저녁이었다. 오래된 갈색의 도시구나. 부다페스트의 첫인상은 빛깔로 다가왔다.

호텔로 가는 길을 알아보려다 연거푸 실패했다. 사람들은 이 방인의 질문을 반기지 않았고 불친절했다. 프라하와 비교했을 때 부다페스트는 '관광지'가 아니었고, 기차역 근처는 공사중인 곳이 많아 분위기도 삭막했다. 월요일 저녁이었고 담배를 입에 문 채 걸어가는 사람들의 얼굴은 피로해 보였다. 덩치가 큰 택시 기사와 요금을 놓고 실랑이를 벌이다, 적당한 금액에서 합의했다. 호텔은 역에서 택시로 15분 정도 떨어진 곳에 있었다. 드라큘라 백작이 살 것 같은 고풍스러운 구조의 호텔이었는데 1층엔 역사가 오래된 레스토랑이 있었다.

짐을 풀고 나오니 호텔 근처에 유명한 바치 거리가 있었다. 늦은 저녁으로 굴라시에 빵을 곁들이고, 맥주를 마시니 비로소 경직됐던 마음이 풀어졌다. 가로등 불빛을 받은 돌바닥이 반짝였다. 부다페스트는 대체로 밤이 아름다웠다. 주홍빛으로 물든 밤거리를 걷다가 호텔로 돌아왔다. 벽이나 바닥 혹은 천장에서 스르륵, 드라큘라 백작이 나올 것 같다고 생각하다 잠들었다. 지금 물리면 서른넷으로 영원히 살 테니, 나쁘지 않을 거라고 생각했다.

이튿날 중앙시장에 들러 견과류와 과일을 사서 배낭을 채우고는 돌아다녔다. 전날 밤에 보지 못했던 세체니 다리를 꼼꼼히 보았고, 국회의사당과 부다 왕궁, 마차시 성당 등 아름다운 건축물을 구경했다. 사다리꼴 모양의 갈색 가죽가방(지금도 가장 좋아하는 가방)을 샀고, 노천카페에 앉아 술이 든 커피를 마시며 사람들을 구경했다. 눈썹이 진하고 코가 오뚝한 헝가리 남자가 독서하는 모습을 훔쳐보았다. 비둘기떼가 카페 근처를 날아다녔다. 흐리고 음침하지만 아름다운 도시라고 생각했다.

밤에는 젊은 여자가 나눠주는 전단지를 보고, 작은 성당에서 열리는 연주회에 참석했다. 큰맘 먹고, VIP석을 예약했는데 가서 보니 딱딱한 성당 의자의 맨 앞자리였다. 자리는 특별하지 않았지만 음악은 특별했다. 일곱 명의 현악기(바이올린, 첼로, 콘트라베이스) 악사들의 연주는 완벽하게 아름다웠다. 브람스의 〈형가리 무곡 5번〉을 연주하던 바이올리니스트의 고개가 흔들릴 때마다 땀방울이 공중으로 튕겨져 인상적이었다. 격정적인 선율과 땀으로 젖은 그의 머리카락과 부다페스트의 밤이 서로 닮았다고 생각했다.

음울하지만 격이 있고, 냉랭하지만 아름다운 부다페스트를 떠나오면서 내내 헝가리 무곡을 흥얼거렸다.

보이지 않는 도둑이 훔쳐간 것들

어제와 같은 시간에 알람이 울린다. 오전 7시 10분. 나와 함께 방을 쓰고 있는 무생물들(침대, 화장대, 액자, 쿠션, 시계, 슬리퍼 등)은 아직 눈치채지 못했나보다. 나를 둘러싼 공기가 달라졌다는 사실을!

무슨 말인가 하면 오늘부터 나는 7시 10분에 일어나 눈을 뜨려고 노력하면서 이를 닦고, 세수를 하고, 거울 앞에서 입을 옷이 없다고 투덜거리다 아무거나 걸쳐 입고 서둘러 밖으로 뛰쳐나가지 않아도 된다는 말이다. 왜냐하면 지금 나는 휴가, 그것도 온전한 휴가를 받았기 때문이다. '온전한'이란 수식을 붙인 이유는 내가 백수가 되었기 때문이다.

백수라니! 빈손을 앞뒤로 흔들며, 심심한 표정으로 동네를 어슬렁거릴 수 있는 특권을 가진 자가 아닌가?

백수생활은 '넘쳐나는 시간에 당황하는 일'에서부터 시작한다. 마침 밖에는 비가 한창이고, 출근할 필요가 없는 나는 이 사실에 다시 한 번 만족하며 누워서 빗소리를 듣는다. 제법 거센 빗소리는 오래전 정규방송이 끝난 TV에서 '지지직' 하고 나오던 잡음 소리와 좀 닮았다. 느긋하게 누워 그 시절로 돌아가본다. 텔레비전을 보다 잠이 드신 할아버지의 구부정한 등이 프로그램이 끝난 텔레비전에서 나오는 잡음과 엉켜 묘한 분위기를 풍기던 방. 잠에서 깬 나는 이 풍경을 '새벽의 쓸쓸한 얼룩'이라 생각하며, 뒤척이다 잠들었을 것이다. 여유로운 시간은 내가 잊고 지낸 옛날 풍경을 떠올릴 기회를 준다. 어린 나와 열심히 늙고 있는 나 사이의 간극에 대해 생각하며, 이제는 없는 할아버지를 추억하며 아침을 맞는다. 백수가 되니 많은 건 시간이요, 늘어나는 건 생각이구나. 나쁘지 않다.

실로 오랜만에 찾아온 백수생활이 즐거운 것은 이 시간이야말로 진정한 나와 마주할 수 있는 시간이기 때문이다. 물론 곧 도

래할 카드결제일과 기타 경제적 여건이 걱정되지 않는 것은 아니다. 하지만 실업급여와 퇴직금으로 몇 달은 버틸 수 있을 테니까. 무엇보다 시간이 많으니 마음만은 부유하게 느껴지니까. 괜찮다.

그러고 보니 살면서 제대로 쉬어본 적이 없는 것 같다. 성인이 된 후 잡다한 아르바이트나 회사생활, 먹고사는 일에 얽매여 휴가를 누리며 삶을 돌아볼 여력이 없었다. 어쩌다 일을 잠깐 쉬게 되어 시간이 생겨도 다른 일자리를 알아봐야 한다는 조급한 생각에 주어진 시간을 그대로 놓치기 일쑤였다. 우연히 한 다발의 돈을 얻은 가난뱅이가 돈 쓰는 방법을 몰라 우물쭈물하다 지나가는 좀도둑에게 돈을 몽땅 빼앗긴 꼴과 같았다.

내가 도둑맞은 게 어디 이뿐인가? 내 2013년의 시작은 어디로 갔을까? 호기로운 다짐들, 신나게 계획했던 여행들은? 나이가 들수록 오늘이 어제 같고, 올해가 지난해와 크게 다르지 않음을 자각하게 된다. 어제와 오늘이 완전히 새로운 날이란 사실, 오늘은 내가 '생전 처음 겪는 하루'란 사실을 잊고 산다. 어떻게 이런 자명한 사실을 눈뜬장님처럼 못 보고 살았을까?

이십대 때는 언제나 세상에 화가 나 있었고, 생활고에 시달렸다. 좀처럼 마음의 여유를 가질 수 없었다. 부모님은 작아 보였고, 내가 구해줘야 할 슬픈 물고기들 같았다. 어떤 일이든 가리지 않고 했고, 살아보려고 버둥거렸다. 그러다 밤이 되면 혼자 작은 방으로 돌아와 책을 읽고, 엎드려 시를 썼다. 이유 없이 위축됐고 늘 시간에 쫓겼다. 너그러움과 미소를 잃었고, 오랫동안 피로했다. 친구를 만나면 입버릇처럼 한 달만 푹 쉬었으면, 아니 단 일주일이라도 쉬었으면 좋겠다고 토로했다. 그렇게 시간이 주어진다면 나는 아무것도 하지 않고 그냥 빈둥거리며 쉴 거라고, 심심하다는 얘기를 하루에 열두 번쯤 하며, 공들여 쉴 거라고 말이다. 그런데 그놈에 쉴 수 있는 날들, 온전한 휴가를 갖기까지 뭐가 이리도 힘들었을까?

우리나라 대부분의 중소기업은 대략 일주일 정도 주어지는 여름휴가와 몇 번의 월차를 제외하고는 휴가다운 휴가에 매우 인색한 편이다. 그나마 회사 사정으로 여름휴가를 반납해야 하는 사람들도 많다. 수당도 없이 정규 노동 시간 외에 야간 근무를 해야 하는 회사원들도 많이 봤다. 도대체 쉬지도 않고 열심히 일하는데, 고생하는 사람들의 임금은 왜 이리도 작은 것이며, 국민들의 행복지수는 왜 이렇게 형편없이 낮은 것일까? 어린 학생들은 커서 열심히 야근하고, 더 각박하게 살기 위해 학원에 가 영어단어를 외워야 하는 것일까? 왜 아무도 어린이들에게 행복해지는 방법 따위는 제대로 가르치지 않고, 어른의 잣대에서 훌륭한 사람이 되는 방법만 가르치는 것일까? 버스나 지하철에서 마주하는 사람들은 왜 좀처럼 미간을 펴고 미소를 짓지 못할까? 왜 한결같이 지친 표정으로 이어폰을 낀 채 스마트폰 액정화면만 뚫어지게 바라보고 있는 것일까?

우리 사회가 쉬고 싶은 사람들, 휴가가 필요한 사람들에게 너그럽지 못한 것은 분명하다. 나는 언제나 이런 게 불만이었다. 실연한 사람들을 위해 필요한 '실연극복휴가', 삶에 대해 깊은 권태에 빠진 사람들을 위한 '생기충전휴가', 계절을 심하게 타는 사람들의 부유하는 마음을 잡아줄 '심신안정휴가' 등은 왜 없는 걸까? 이런 휴가가 있다면 일하는 사람들의 작업 능률도 향상될 수 있을뿐더러 사회가 더 건강해질 수 있을 텐데 말이다. 물론 전국의 사장님들이 들으면 콧김을 내뿜으며, 화를 내기 십상이겠지만.

용가리처럼 숨도 쉬지 않고, 열변을 늘어놓은 것 같은데, 내 생각은 그렇다. 지나치게 각박하다는 것이다. 쉼과 여유가 없으니 배려와 인정도 없다.

보이지 않는 도둑에게서 빼앗긴 소중한 것들을 찾아오기 위해 휴가가 절실히 필요하다. 무얼 도둑맞았냐고? 우선 내 주위에 '바쁘지 않은 사람들'을 도둑맞았다. 한가하게 미소를 지으며

'공원에서 애기 좀 할까요'라고 제안하는 사람들을 찾아보기가 힘들다. 모두들 입버릇처럼 바쁘다고 말한다. 바쁘지 않으면 도태되는 것처럼 말이다. 자기 일에 열심이어서 바쁜 것이 꼭 나쁜 것은 아니지만, 지나치게 바쁜 일정 때문에 지불해야 할 기회비용이 적지 않다. 바쁘기 때문에 사랑하는 사람들과 얘기하고 웃을 기회가 줄고, 하늘의 기류를 살피거나 어제오늘 달라지는 나뭇잎의 색깔을 알아챌 기회를 잃는다. 산책을 하다 마음에 드는 카페에 들어가 커피를 마시며 누군가를 떠올릴 기회도 줄고, 옆사람에게 엉뚱한 장난을 친 후 배를 잡고 웃는 기쁨도 줄어든다. 행복과 유머는 바쁜 시간 속으로 휘말려 사라진다. 대신 다섯 마리의 두꺼비들을 어깨 위에 올린 것처럼 묵직한 삶의 무게를 느끼며, 단단한 승모근육이나 주무르며 오늘을 마감하게 되는 것이다.

가능한 '편하게 일할 수 있는 직장, 돈 잘 버는 직장'을 찾으려고 인생의 대부분을 투자하는 많은 사람들이 그 노력의 절반만이라도 '잘 쉬는 방법, 기분이 행복해지는 방법, 시간을 행복하게 쓰는 방법'을 찾는 데 쏟는다면 좋을 텐데.

그런데 잘 쉬는 것은 잘 사는 것과 동등하게 어렵다. 요가 수련 동자 중에 사바아사나Savasana라는 것이 있는데, 'sava'란 '송장'을 뜻한다. 이 자세는 송장처럼 되는 것이 목적이다. 대개 50분 동안 동적인 '아사나'를 수련한 후, 마지막 10분 동안 사바아사나를 취하며 쉬는데, 지도 선생님 말씀이 이 사바아사나를 하기 위해 앞에서 열심히 땀 흘린 것이라고 한다. 팔과 다리에 힘을 빼고 송장처럼 누워 무심히 쉬는 동작인데, 의외로 이 동작이 정말 어렵다. 살아서 '송장 되기'를 체험하는 것이니 불가능에 대한 도전이라고 봐야 하나? 아무튼 나는 사바아사나를 수련할 때마다 잘 쉬려고 애를 쓴다. 정확히 말하자면 잘 쉬기 위해 욕심을 부리는 건데, 그러다보면 '의지'가 생기고, 심지어 의지가 '욕망'으로 변질되어 몸과 마음에 힘이 들어간다. 결국 제대로 쉬지도 못하고 요가 수련을 마치게 되는 경우가 많다.

고심 끝에 어느 날은 마음을 비우고, 송장 되기를 아예 포기한 채 들려오는 음악에나 집중했다. 상상력을 동원해 음악에 양감을 불어넣은 후 소리가 내 몸 곳곳을 지나가는 것을 상상했다 (참, 나도 별짓을 다 한다).

인도풍의 신비한 음악이 내 무릎에 도착한다. 둥그렇고 가볍고 푸른 음악이 핏속을 흘러 허벅지 위에서 미끄러지고 음부에 잠시 고였다가 넓게 퍼진다. 아랫배를 스치고, 둥근 가슴에 도착한다. 얼굴 가까이로 음악을 끌어올리고는 다시 아래로 내려보낸다. 천천히 반복하다 발끝에 둥그런 음악이 맺힐 즈음 "손가락과 발가락을 꼼지락거리며 몸을 깨우세요"라고 지시하는 지도 선생님의 목소리에 음악을 놓아준다.

그 순간, 음악과 한몸이 되었다 깨어난 순간에 진심으로 행복을 느꼈다. 평안함이 주는 기쁨. 몸이 마음과 완전히 하나가 되어, 충일감으로 터질 것 같은 기분이 들었다. 왠지 모르게 눈물이 맺히기도 했는데, 창피해서 얼른 눈물을 닦았다. 내가 정말 송장이 되었던 건지는 모르겠으나, 심신을 완전히 믿고 놓아준 것만은 분명하다. 이 경험으로 나는 잘 쉬는 것이 얼마나 우리에게 행복을 주는지, 몸을 덥고 충만하게 만드는지 알게 되었다.

휴가는 행복을 더이상 유예시키지 않아도 되며 지금 이 순간을 오로지 나를 위해 살아도 된다는 허락이다. 나의 오늘이 어제와 분명히 다름을 선언하고, 비로소 내 의지대로 주어진 시간을 사용할 수 있게 되는 것이다. 이 단순한 사실이 얼마나 감동적으로 다가오는지 백수가 되어보니 알겠다. 더이상 보이지 않는 도둑에게 귀한 것들을 빼앗긴 채 찡그리고 살 순 없다. 휴가는 '인생'이란 큰 덩어리에 갈라진 틈, 어떤 '사이'에 도착하는 것이다. '사이'에서 우리는 목적에서 놓여나 자연스럽게 머물거나 스밀 수 있다. 쉬자. 주먹을 펴고, 욕심과 걱정에서 놓여나자. 나는 가벼워지고 내 삶은 더 말랑하고 행복해지리라.

치열하게 흐르는 삶. 거센 물결 속에 작고 반짝이는 징검다리가 놓여 있다. 운이 좋은 사람, 눈 밝은 사람만이 이 징검다리를 발견하고는 천천히, 맛있게 건너갈 것이다. 모두에게 그런 행운이, 가능한 많이, 가능한 자주 있기를.

호텔에 대한 크고 둥근 시선

마카오에서

도착, 호텔 정면으로 마주하기

땅과 하늘과 나무들을 지나쳐 드디어 이국의 대형 호텔 앞에 도착한다. 호텔은 입을 크게 벌린 채 먹이를 기다리는 거대한 짐승 같아 보인다. 잘 교육받은 호텔 직원들이 일사불란하게 움직이는 모습, 반짝이는 샹들리에와 고급 가구들, 여러 인종의 사람들이 어우러져 활달하고 우아한 풍경을 만든다.

사람들이 외면을 가꾸기 위해 공들이는 장소에는 반드시 거울이 있다, 가령 세면대, 화장대, 옷장 앞이 그렇다. 호텔은 거울로 만들어진 성 같다. 무엇이든 반짝인다. 투숙한 사람들의 외양은 물론 인격까지 상승시켜줄 것 같은 착각에 빠지게 한다. 호텔에서 우리는 편리하고 좋은 서비스를 제공받는다. 때문에 비싼 비용을 지불해야 함에도 많은 사람들이 호텔을 찾는다.

1층 메인 홀에 자리한 조각상 앞에 트로피처럼 몸을 세워 들뜬 표정으로 사진을 찍는 사람들이 보인다. 일상 밖으로 걸어나온 스스로를 기념하기 위해 셔터를 누르는 사람들. 그리하여 낯선 곳에서 적당히 해방된 자신의 모습이 한 장, 한 장 남는다.

크고 편안한, 아무도 모르는

여행이 땅에서, 땅 아래서, 혹은 땅 위에서 수많은 사람들을 흘려보내며 앞으로 나아가는 행위라면 '호텔'은 여행의 속도를 늦추고 고삐를 풀어놓기 위한 장소이다.

지금 나는 크고 익숙한, 어쩌면 낯선, 아무도 모르는, 사실은 누구나 아는, 매력적인 장소에 와 있다. 이곳에서는 실명을 대고 체크인하지만 객실 키를 받는 순간 익명을 보장받는다. 사람들이 동시다발적으로 체크인을 하고 체크아웃을 하는 곳. 캐리어를 끌고 바통을 터치하듯 도착하고 떠나며 머무는 곳. 호텔은 또하나의 작은 공항이다. 술렁임과 발소리, 다양한 언어들, 편의성을 고려한 내부시설 및 쇼핑센터 속에서 '나'라는 존재는 호텔을 이루는 작은 부속품에 지나지 않는다. 며칠 후 '탈락'되어도 전혀 무리를 주지 않는 부속품으로서 왠지 모를 편안함을 느낀다.

호텔이라는 거미 – 비밀 사냥꾼

호텔은 위엄 있고 민첩한 거미다. 중심에서 변방으로 줄을 뻗어 촘촘한 네트워크를 형성하고 여기에 걸려든 사람들을 탐한다. 호텔이 사람들을 탐하고 그들 또한 호텔을 탐한다는 점에서 공생이 이루어진다. 사람들은 돈을 지불하고 약간의 행복과 안식, 때론 향락, 비즈니스, 놀이를 즐기다 돌연 사라진다.

미로 같은 호텔 복도는 신비로운 길을 만든다. 객실이 모여 있는 복도, 발소리가 들리지 않는 카펫 아래서 비밀들이 자란다. 이 길을 지나갔을 다양한 사람들을 상상해본다. 저마다 영혼 몇 방울과 오래 묵은 비밀 한줌을 흘리는지도 모르고 지나갔을까? 그러나 입이 무거운 거미는 발설하지 않으리라. 비밀을 삼키고 몸집을 부풀리며 계속, 자라리라.

객실 문을 눈으로 훑으며 지나간다. 사랑을 나눌까, 텔레비전을 볼까, 허공에 파묻혀 자고 있을까, 궁금해하는 사이 배정된 객실에 도착한다.

여기를 보라. 오롯이 나를 위해 준비된 것들!

다림질한 것처럼 판판한 면 시트(무색무취가 주는 편안함. 내가 깃들면 오롯이 내 향과 색을 맘껏 피울 수 있을 것 같은), 푹신한 베개와 쿠션들, 곳곳에 설치되어 있는 다양한 크기의 조명기구, 소파와 테이블, 커다란 책상, 콘솔, 미니 화장대와 붙박이 옷장, 벽걸이 텔레비전, 숨어 있는 정숙한 냉장고. 도심 속 비밀 공간에 들어온 느낌이다.

나는 청결하고 안락한 방에서 일체의 강박이나 책임, 죄책감에서 벗어나 공간을 자유자재로 사용할 수 있는 특권을 받는다. 청소를 염두에 두지 않고 어지를 수 있으며, 필요한 물건을 꺼내 책상 위에 마구 늘어놓아도 좋다. 바지를 벗어 소파 위에 툭 던지고, 샤워하지 않고 침대에 누워 과자를 먹을 수 있다. 신발을 끌며 방 안을 거닐 수 있고, 아무데나 신발을 휙 팽개쳐 벗어버릴 수도 있다. 옷장에서 샤워 가운을 꺼내(꼭 남의 깨끗한 옷을 몰래 꺼내 입는 기분이다) 영화 속 주인공처럼 걸쳐 입고, 우아하게 텔레비전을 볼 수도 있다.

물론 이 모든 것을 일상에서도 할 수는 있다. 그러나 나는 접시에 음식을 담으면서도 설거지를 연상하고(대단히 깨끗한 사람이어서가 아니라, 치울 사람이 어차피 나이기 때문에), 거실에 앉아 빵을 먹으면서도 부스러기가 떨어지는 것을 신경쓰며, 욕실 바닥에 떨어진 머리카락을 보고 한숨짓는 사람이다.

집과 호텔의 다른 지점이 여기다. 호텔은 어느 날 돌연 '익명성'을 선언하고 자유롭게 독립한 집과 같다. 대부분의 소유물이 그러하듯 집이란 익명성에서 벗어날 수 없고, 소유주의 책임 아래 놓여 있는 공간이다. 반면 호텔은 며칠 동안 허용된 '남의 집', 맘껏 사용해도 무방한 남의 집인 것이다. 내 것이 아니면서, 지금 이 순간만큼은 온전히 내 것인 사물들. 이곳에 머무는 순간만큼은 맘껏 사용하고, 미련 없이 떠나면 된다. 여행이 주는 흥분과 미묘한 긴장, 피로를 이곳에 풀어놓고 노곤해질 준비를 한다. 호텔은 '순간'을 향유하는 데 가장 알맞은 장소이다.

'불통'이 주는 달콤

커튼을 치고 밖을 보니 불 꺼진 야외수영장이 보인다. 타원형으로 고인 물웅덩이가 곱게 안착해 있는 밤. 물에 뛰어드는 것은 몸이 얇은 날벌레들이거나 창밖을 바라보는 누군가의 상념뿐이겠다. 침대 옆 스탠드와 텔레비전에서 나오는 빛이 객실의 어둠을 가까스로 밀어내고 있다. 불빛 탓에 침대 시트의 '정숙한 하양'이 잠시 동요한다.

낮에 씨티은행을 찾아 2시간이나 헤맸고, 택시를 잡느라 30분이나 기다렸다. 낯선 장소가 주는 긴장 탓에 피로한데 왜 잠이 오지 않을까?

텔레비전 채널을 돌려본다. 현란한 빛과 함께 쏟아져나오는 외국어들. 분명한 이질감. 저렇게 확실하게 소리로 발현되는 언어가 흡수되지 않는다는 게 새삼 신기하다. 내게서 반사된 이국의 언어가 객실 안을 둥둥 떠다닌다. 외국어를 음악처럼 흐르게 놔두고, 심드렁하게 누워 텔레비전을 본다. 맨송맨송한 얼굴.

멀리까지 따라온

호텔에서 혼자 자는 밤,
잊고 지내던 그리움이 한꺼번에 도착한다.

고아원 복도에 서 있는 느낌.
해 질 무렵 고아원 복도, 멀리서 발소리가 들리는 것 같은데
나는 고아는 아닌 것 같은데,
아니 고아인 것 같기도.
그런데 여기서 내가 뭘 하는 걸까?
누군가가 보고 싶은데 그게 누군지도 모르겠는 마음.

신산한 마음이 불면을 데려온다.
아련한 향수와 조금의 해방감, 불쑥 고개를 든 두려움.

혼자다. 세상에서.
그리고 모든 것으로부터.

멀리 와서야 겨우 체감할 수 있는 진실이 있다.

욕조

잠이 올 것 같지 않아 맥주를 마시며 욕조에 물을 받는다. 등 그렇게 안이 파인 욕조는 생김새만으로 이미 충분히 위안을 준다. 일상에서 이렇게 온전히 육신을 맡길 수 있는 사물은 많지 않다. 안락의자와 침대, 소파 따위가 주는 편안함과는 다르다. 그런데 욕조는 왜 이렇게 '욕조'라는 이름과 잘 어울릴까?

뜨거운 물이 담긴 욕조에 샤워 젤을 풀어넣는다. 풍성한 거품은 없지만 은은한 향이 올라온다. 옷을 벗고, 헤어 캡으로 머리카락을 숨긴 뒤 발끝부터 서서히 몸을 담근다. 뜨거운 온도에 놀란 피부 돌기들이 일제히 소란스럽게 웅성거리는 느낌이다. 이게 뭐지, 내 몸에 무슨 일이 일어나고 있지, 일상에서 느낄 수 있는 작은, 사실은 큰 행복이다.

깊숙이 몸을 밀어넣자 물이 목까지 찰랑인다. 눈을 감고 전신에서부터 피로가 서서히 '풀리는' 순간을 적극적으로 느낀다(욕조에 몸을 담가봐야 피로가 '풀리는' 거라는 사실을 알 수 있다). 세워놓은 무릎과 드러난 어깨에 간간히 따뜻한 물을 끼얹는다. 욕실에 울리는 물소리. 세면대 위에서 버려지는 물소리나 수도꼭지에서 쏟아져내리는 물소리가 아닌, 고인 물이 위로 떠올랐다 가라앉는 소리는 청아하다. 맑게 울리다가 가라앉으며, 곧 사라지는 소리.

호텔 객실에서 혼자 하는 욕조 목욕은 단순한 목욕이 아닌, 지친 나를 위로하고 달래는 일이다. 머리부터 발끝까지 뜨거운 열기가 뿜어져 나온다. 욕조 밖으로 나와 사라지는 물을 본다. 욕조 아래서 누군가 요란한 소리를 내며 내 달콤한 휴식을 먹어치우는 소리가 들린다. 꺼억, 트림도 한다.

(거미, 너니?)

고독의 가장 좋은 부위

깊은 잠에 빠졌다가 잠시 깨어난다. 새벽 4시. 움직임에 따라 시트에서 사각거리는 소리가 들린다. 눈을 감고 다시 엎드린다. 탁자 옆 스탠드에서 나오는 희미한 빛과 작은 소음을 내며 돌아가는 에어컨. 도심이 잠든 순간 소리들이 더 선명해진다.

고독의 가장 좋은 부위는 새벽에 있다.
이국 호텔에서 자다 깬 새벽. 고독 중 제일 달콤한 고독.

여행이 입은 옷

　호텔은 여행이 입은 옷이다. 날씨와 외부 요인으로부터 보호해주고, 몸의 가장 바깥을 감싸주는 옷. 때로 옷이 그날의 내 모습을 대변하듯 어쩌면 호텔은 여행의 윤곽을 결정하는 중요한 요인이 될 수도 있다. 다음 여행지로 건너가기 전, 에너지를 충전시켜 주는 곳. 호텔은 여행을 튼튼하고 맵시 있게 만든다.

꿈, 잠자리, 서커스

꿈, 꾸다

모든 여행은 꿈이다.

떠난다는 꿈. 이곳에서 잠시 사라지겠다는 선언.

다녀올게요, 라고 말하는 시간에 깃든 약속.

꿈을 '꾸다'라는 말의 사전적 의미는 "꿈을 보다"이지만, 가끔 '빌리다'로 오독하고 싶을 때가 있다. 여행은 꿈을 잠시 빌려오는 것이다. 어디선가 이야기를 데려오는 것이다. 어제 당신이 했던 말 속에서, 그늘을 기억하는 무의식의 헛간에서 '빌려'오는 것이다. 빌려온 꿈을 어떻게 갚아야 할까? 여행을 가서 빌려온 꿈을 두고 온다면. 적당한 곳을 골라 몰래 두고 온다면. 꿈을 꾸고, 갚는 과정에서 여행이 깊어질 수도 있겠다.

어릴 때는 모든 것을 처음 경험한다. 진정한 처음은 기억나지 않는다. 그게 처음인지도 모르고 사라지기 때문이다. 첫 여행에 대한 기억은 없다. 여행을 갔었다는 증거가 사진으로 남아 있을 뿐이다. 사진 뒷장에 1982년이라고 촬영 연도가 찍혀 있다. 두 돌이 채 안 된 나와 스물여섯의 아버지가 바닷가 모래사장을 걷고 있는 모습이다.

빨간 비키니에 유아용 헝겊 모자를 쓴 내가 모래에 묻힌 발을 보고 있다. 장발에 청바지를 입은 아버지는 내 손을 잡고 정면을 보고 있다. 나는 오른쪽, 아버지는 왼쪽에 서 있다. 내 짧은 팔과 다리는 비엔나소시지 묶음처럼 보인다. 살이 겹쳐져 아기 특유의 말랑한 주름이 잡혀 있다. 손목에 찬 팔찌와 비키니 때문에 나는 간신히, 여자 아기로 보인다. 젊은 아버지와 바닷가를 걸었던 기억은 없다. 아주 오래전에 꾸어 기억나지 않는 꿈같다.

나는 이 사진을 좋아한 나머지 따로 보관하겠다고 유난을 떨다 잃어버렸다. 소중한 것을 지키려면 적당히 무관심한 게 좋다는 것을 그때는 몰랐다. 사진을 많이 봐뒀기 때문에 생생하게 기억하고 있지만, 이제 물증이 없다. 어린 나와 아버지가 함께 손을 잡고 바닷가를 걸었다는 유추 기억만 남아 있다. 시간이 갈수록 기억은 추억이 되고, 추억은 꿈이 되겠지. 아무 일도 일어나지 않았던 것처럼 보일 것이다. 오른쪽에 아버지가 서 있지 않은 것처럼. 아무 일도 일어나지 않았던 것처럼 보일 것이다. 때로 죽은 사람은 태어나지 않은 사람 같다.

첫 기억

여행에 대한 첫 기억은 일곱 살 때다. 어른들을 따라 강원도 홍천으로 피서를 갔다. 30년도 더 전의 일이다. 기억은 불확실할지 모르지만 그때 감정은 꽤 인상적으로 각인되어 있다.

처음 홍천강을 봤을 때의 그 생경한 느낌을 기억한다. 서울에서 자란 내게 산과 강은 낯설었다. 조부모가 계시는 시골집조차 없었으므로, 자연을 접할 기회가 많지 않았다. 그때 처음으로 강과 '제대로' 대면했을 것이다. 자연에 대한 첫인상은 좋지 않았다. 내게 자연은 무례하고 불편하고 거친 세계였다. 어른들은 순식간에 내 신발을 벗기고, 맨발로 자갈밭을 걷게 했다. 누군가 아름답다고 탄성을 질렀지만 나는 별 감흥이 없었다. 다만 뜨겁게 달궈진 조약돌을 맨발로 밟고 있으려니 얼굴이 절로 찌푸려졌다. 신발을 신고 싶다고 말해봤지만, 아무도 신발을 갖다 주지 않았다. 누군가 내 옷을 벗기고 수영복을 입혔고, 튜브를 몸통에 걸어주더니 강물에 나를 내려놓았다. 강은 차갑고 고요했다. 나는 젖은 돌멩이가 발바닥을 찌르는 것을 느끼며, 긴장한 채 물속에 반쯤 잠겨 있었다. 즐겁지 않았다. 고백하건대 나는 예민하고 까탈스러운 아이였다.

어른들은 멀지 않은 곳에 텐트를 쳤다. 두세 명이 누우면 가득차는 크기의 삼각텐트였다. 나는 자연보다도 텐트가 더 마음에 들었다. 그곳이 비밀장소처럼 느껴지기도 했고, 낯설고 위험천만한 자연으로부터 숨을 수 있는 안락한 공간으로 보였기 때문이다. 나는 젖은 몸을 이끌고 강물에서 빠져나와 텐트를 향해 걸어갔다. 꽤 먼 거리로 느껴졌고, 이미 오래전에 늙어버린 기분이었다. 젖은 수영복이 몸에 척척 달라붙었다. 물을 뚝뚝 흘리며 자갈길을 걸어가며, 나는 인생이 이렇게 힘들어서야…… 하고 생각했는지도 모르겠다. 누군가 나를 나무라듯 이렇게 외쳤던 게 기억난다. "인상 쓰지 말고!" 그즈음 내가 가장 많이 듣던 말이다. 인정한다. 나는 얼굴을 자주 찌푸리고 시무룩한 표정을 짓는 어린이였다. 그렇지만 어떤 아이들은 세상만사가 아름답지만은 않다는 것을, 어른들은 행복한 게 아니라 행복을 흉내내고 있을 때가 더 많다는 것을 일찍 알게 되기도 하는 법이다. 성장보다 (마음의) 노쇠를 향한 에너지가 승한 아이들, 청승을 먼저 배우는 아이들이 있다. 인정한다. 그때 나는 지금보다 스무 배는 더 염세적이었다. 어른들은 종종 '애답게' 행동하라고 요청했지만, 나는 애다운 게 어떤 건지 몰랐다. 그저 '작은 인간'으로서 느끼고 생각하며 자라고 있었을 뿐이다.

그날 기분이 좋지 않았던 건 사실이다. 어른들이 마음대로 나를 이렇게 멀리까지 데려와서는, 내 신발을 벗기고 수영복을 입히고 강물에 던져놨으니까. (물론 나이를 먹을수록 자연에 매료되었고, 지금은 자연을 사랑하게 됐지만 어릴 때는 그렇지 않았다. 어릴 때는 자연에 무감하거나 싫어했다. 불편하고 위험한 게 자연이라는 것을 본능적으로 알았던 거다. 도덕경에 나오는 "자연은 인자하지 않다天地不仁"는 말을 일찍이 알아챘다고나 할까.) 어른들은 대체로 내 '의향'을 물어보지 않거나, 물어봐놓고도 듣지 않았다. 아이 입장에서 여행은 시작부터 끝까지 수동적으로 움직일 수밖에 없는 것이다.

물기를 털고 텐트 안으로 들어가보았다. 나보다 먼저 잠자리 한 마리가 들어와 있었는데, 잠자리는 날개를 접고 얌전히 앉아 있었다. 나는 사촌언니와 함께 머리를 맞대고 잠자리를 관찰했다. 우리는 두번째 손가락과 세번째 손가락 사이에 잠자리 날개를 끼워 잡고 들여다봤다. 우리의 손에서 손으로 넘어갈 때마다 투명하고 얇은 날개에서 미세한 떨림이 느껴졌다. 배를 까뒤집어보자 잠자리의 가느다란 다리가 공중에서 애원하듯 꼼지락거렸다. 우리는 그 모습이 재밌어서 소리 내어 웃었다.

싫증이 나서 밖으로 나갔다 돌아왔을 때, 잠자리는 죽어 있었다. 그때 내가 느낀 감정은 간단하게 설명하기 어려운 것이었다.

잠자리의 죽음으로 내가 상처받았다고 보기에는 상처가 가벼웠고, 죄책감을 느꼈다고 보기에는 아직 윤리 감각이 자리잡기도 전이었다. 잠자리의 죽음은 그 여행에서 중요한 사건이라고 할 수 없었고 아무도 신경쓰지 않았다. 그렇지만 나는 감정의 동요를 느끼고 있었다. 돌이켜 생각해보면 그때 내가 느낀 감정은 '묽은 슬픔'이었던 것 같다. 눈에 띄지 않아 또렷하게 볼 순 없지만 분명히 존재하는 것. 그게 무엇인지 설명할 수 없지만, 이름 붙일 수 없는 감정 하나를 새로 알게 된 것 같았다.

나는 잠자리가 나 때문에 죽었다는 것을 알았다. 어른들에게 말하지 않았지만, 말한다 해도 별일 아닌 것처럼 넘어갔겠지만, 내 손을 탄 후에 잠자리가 죽었다는 사실은 변하지 않았다. 어쩌면 잠자리의 죽음 같은 것은 세상의 털끝도 건드리지 못한다는 사실이 어린 나를 불편하게 했을지도 모르겠다. 움직이던 생명을 더 이상 움직일 수 없게 만들었는데, 아무도 추궁하거나 혼내지 않는다는 사실이, 조금도 관심을 끄는 일이 아니라는 사실이 서글펐는지도 모르겠다. 나쁜 짓을 해도 어른들이 모를 때, 오히려 나쁜 짓이 가끔은 용인된다는 것을 알게 됐을 때 어린아이가 느끼는 외로움 같은 거였을까? 바지에 슬쩍 오줌을 싼 아이가 바지를 입은 채, 천천히 마르기를 기다리는 것처럼 나는 기다렸다. 감정이 지나가기를. 눈앞에 보이는 평온처럼 마음도 평온해지기를.

그날 저녁, 근처에서 서커스가 열린다고 했다. 남자 어른들은 강가에서 술을 마셨고, 여자 어른들을 따라 나는 서커스가 열리는 곳으로 찾아갔다. 그날 본 서커스의 구체적인 장면은 기억나지 않는다. 다만 그때의 분위기와 내가 느낀 감정만은 또렷이 기억하고 있다. 나는 낮에 잠자리의 죽음을 보았을 때보다 좀더 명확하고, 손에 잡힐 듯한 슬픔을 느꼈다. 자리에 앉아 서커스를 보는 동안, 울고 싶은 것을 몇 번이나 참고 참았으니까. 내가 울면 어른들은 기껏 좋은 구경을 시켜줬는데 왜 우냐고 화를 낼 게 분명했기 때문에 나는 눈물을 참았다. 사실 운다 해도, 소란스러운 분위기 때문에 아무도 내가 운 것을 몰랐을 수도 있겠다.

기억한다. 천막 안에서 이루어진 곡예단의 기괴한 동작들, 분장을 과하게 해 눈코입이 얼굴 밖으로 흘러내릴 것처럼 보이던 소녀들, 그들의 가녀린 몸통, 흐느적거리는 팔과 다리, 사람들의 함성과 박수 소리, 무대 위에 숨은 누군가를 찾으려는 듯 쥐새끼처럼 요리조리 움직이던 조명, 경박스럽기 짝이 없는 음악, 사람들의 달뜬 호흡. 이 모든 것이 어우러져 천막 안은 기묘한 광기로 휩싸였는데, 정말이지 나는 울고 싶었다. 그때 나는 무엇 때문에 슬퍼졌던 걸까? 어쩌면 무언가를 감지했을지도 모른다. 인생이 제아무리 화려하게 치장을 한다 해도, 진실은 남루하다는 것. 박수를 받기 위해서 누군가는 가느다란 허리를 꺾거나 높은 곳에서 그네를 타야 한다는 것을 어렴풋이, 느꼈을지도 모르겠다. 대체로 아이들은 이해하기에 앞서 감지하니까. 그게 아이들의 특기이니까. 어른들이 설명을 해줘야 겨우 이해하는 것들을 아이들은 그냥 저절로, 알아채기도 하니까. 아이와 동물과 귀신은 본질을 쉽게 파악하는 존재들이다.

첫 여행의 기억은 모든 여행의 기억을 간접적으로 지배한다. 그때 이후로 내가 가는 모든 여행에는 잠자리가 날고, 서커스가 벌어진다. 잠자리는 따라와 언제라도 죽을 준비를 하고, 여행지의 꿈속에서는 종종 서커스가 벌어진다. 내가 꿈의 천막을 걷고 밖으로 도망치면, 귓가에 맴도는 소리. 뒤따라오는 서커스 열기의 부스러기들. 그것들은 내 트렁크에, 머플러에, 모자에 들러붙은 채로 나와 함께한다. 가끔 여행지에서 내가 슬픔을 느끼는 이유는 이 때문이 아닐까? 오래전부터 나를 따라온 것들.

동네 책방, 산책의 부록

그것이 동네에 있다면!

왠지 '서점'이라는 말보단 '책방'이라 부르고 싶다. 책들이 모여 사는 방. 규모가 너무 크거나 너무 작아도 좋지 않다. 규모가 커서 사람들로 북적이는 곳이라면 아늑한 맛이 없다. 반대로 규모가 작아 주인과 자주 눈을 마주친다면 느긋하게 책을 둘러보기 어렵다. 동네 책방이라면 '적당하다'는 말이 알맞은, '알맞다'는 말이 적당한 규모가 좋다. 일상복 차림으로 동네를 거닐다 더우면 더워서, 추우면 추워서 '잠깐' 들를 수 있는 곳! 나는 그런 책방을 하나 가지고 있다(하나가 아니라, 실은 몇 군데 더 있지만).

가지고 있다고 말한 것은 책방을 향유하는 자가 곧 책방의 주인이라고 믿는 까닭이다.

서교동 살 때 남편과 나는 하루에 한 번 이상 산책했다. 골목을 누비고 대로를 지나 산책의 막바지에 다르면 종종 〈땡스북스〉에 들렀다. 방앗간을 그냥 지나치지 못하는 참새 두 마리처럼, 〈땡스북스〉 앞에 멈춰 섰다. 가만있어봐, 어떤 신간이 나왔나? 누가 먼저랄 것도 없이 그쪽으로 향했다. 노란 바탕에 검은 글씨로 쓰인 〈땡스북스〉의 간판이 보이면 '책들아, 고마워!' 하고, 속으로 고쳐 읽은 후 안으로 들어갔다. 들어가기 전 중얼거리는 나만의 주문이었다.

〈땡스북스〉. 붐비지 않을 정도의 사람들이 음악을 느리게 휘저으며 흘러다니거나 고여 있는 곳! 새로 나온 책이나 화제가 되는 책은 매대 위에 누워 있고, 비교적 오래된 책은 다른 책과 몸을 맞대고 책장에 서 있는 곳. 왈츠를 추듯 스텝을 옆으로 옮기며 책을 고르는 사람, 테이블 앞에 앉아 책을 읽는 사람, 커피를 마시며 휴대폰을 들여다보는 사람. 그 사이를 비집고 책 구경에 동참하는 순간 다른 세상에 진입한 것처럼 마음이 술렁인다. 곧 새로운 세계를 만날지도 모른다는 설렘! 모르는 사람(작가)의 새로운 생각(글)을 적당한 비용을 치르고 훔쳐볼 수 있다는 기대 때문일까?

책을 사는 일도 물건을 사는 일이다. 물건을 가지려는 '소박한 탐욕'으로 빛나는 눈과 신중한 손이 합작하는 일. 우리는 각자 마음에 드는 신간 몇 권을 골라든다. 책을 고르는 중에 서로가 쓴 책이 진열된 것을 보게 되면 옆구리를 쿡, 찌른다. '이것 봐, 내가 쓴 책이야' 말하지 않지만 미소를 숨기진 못한다. 골라온 책을 잠깐 훑어보고, 계산까지 마치면 산책이 끝나간다는 뜻이다. 노란 봉투에 책 몇 권을 담아 흔들흔들 집으로 돌아오는 길.

그때 〈땡스북스〉는 우리가 즐기는 '산책의 부록'이었다. 모든 부록이 그렇지만, 본지보다 더 특별하고 궁금하다! 잠깐 들릴 수 있는 동네 책방이 있다는 건 행운이다. 삶은 작고, 또 작은 것으로 이루어져 있으니까.

3부

소규모
슬픔들

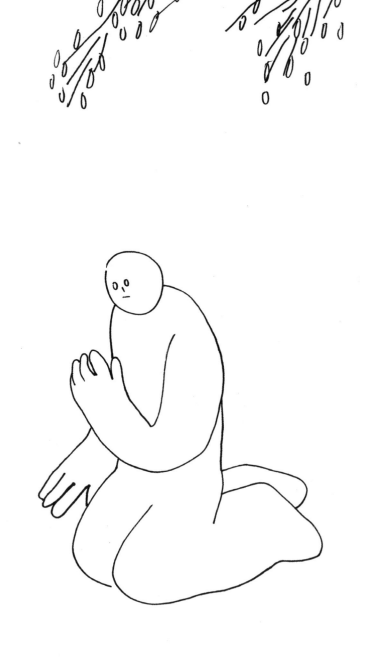

어떤 노인은

일생을 '등산'하는 기분으로 살아온 노인을 보는 일은 슬프다.
저이에겐 나무 그늘이 안 보일까.
나무 그늘에서 우는 풀벌레들의 처량한 소리가 안 들릴까.
죽을 것을 알고 우는 '한때'가, 보이지 않을까.

자기 아래에 자기보다 나은 사람, 배울 게 있는 사람은 두지
못하는 사람. 두려워서 목소리가 커지는 사람. 배고픈 기분으로
일어나 세상에 대드는 사람. 세상을 싸워 이겨야 하는 것, 누르
고 올라서야 하는 것이라고 인식하는 사람.

저승 갈 때도 등산 가듯, 치열하게 갈 사람.

고수의 자세

음악 용어이자 뒤라스의 소설 제목이기도 한 '모데라토 칸타빌레'는 '보통 빠르기로 노래하듯이'란 뜻이다. 얼마나 훌륭한 자세인가? 고수의 자세다.

메리 올리버는 "일단 그냥 써, 노래하듯이"라고 말했다. 힘 빼기의 중요성.

김하나 작가는 『힘 빼기의 기술』이란 책에서 '만다꼬!' 정신을 말해주었다. 그러게 무엇 때문에, 무엇을 위해 힘을 잔뜩 주고 산단 말인가.

힘을 주는 것에서 모든 병이 시작된다고 믿는다.

잠잘 때조차 모든 세포들이 긴장을 풀지 않고 있는 것을 느낄 때면 슬퍼진다. 무엇을 방어하기 위해 이러는가, 몸이여. 빠지지 않는 힘이여.

내려갈 때 내려가더라도

다 됐나?

가끔 그런 생각이 들 때면 아래로 미끄러지는 기분이 들지.
바이킹을 타고 내려오는 기분.
다시 올라가겠지만, 내려올 것을 아는 기분.

내려와야 한다면 구두를 신고 내려오고 싶다. 맨발은 안 돼.
내려오고 있는 실감을 느끼면서, 조심조심.
소리가 중요할 테지.
나 대신 구두가 피 흘릴 테니.

아마도

행복과 문학이 양립할 수 없는 거라면.

나는 행복의 뒷모습을 배웅하면서, 문학 쪽에 서 있을 거다.

청승이 취미인

무슨 일이 있어도 '영원한 내 편'이 되어줄 사람은 이제 없다. 영영 잃었다. 무슨 일이 있어도. 무슨 일이 있어도. 내 편을 들어줄 단 하나의 사람.

그건 아빠였다. 아빠에겐 내가 '또다른 자신'이었기에, 내게 무슨 일이 생기면 "묻지도 따지지도 않고" 내 편에 서주는 단 한 사람이었다. 무슨 일이 있어도 나를 질투하지 않는 단 한 사람. 그런 사람이 이젠 영영, 단 한 명도 없다, 생각하니 눈물이 후드득 떨어진다. 청승이 취미라서.

남편이 있고, 가족이 있고, 친구가 있지 않니, 라고 말해도 소용없다.

누구도 '영원한' 내 편이 되어주진 못할 텐데. 그런 건 천륜으로 맺어진 관계에서나 주로 일어나는 일이니까. 내 잘못으로 벌어진 일로 발을 동동 굴러도, 이성이 아니라 '감'과 '정'으로 토닥여줄 사람. 안쓰러워할 사람. 자기 일보다 더 마음 아파할 사람. 네가 초래한 일이니 네 잘못이지, 라고 따져 묻지 않을 사람.

그러니까 이제 '영원한 내 편'은 없다.

'영원'이란 말도 등을 돌렸다.

내 아래, 아래

내가 발레를 배우는 곳 아래층엔 은빛요양원, 그 아래층엔 심청이요양원이 있다. 내가 토실한 몸으로 다리를 찢고, 팔을 들어올리고, 빙글빙글 턴을 하는 동안 내 아래, 내 아래아래, 그곳에서는 어떤 노인들이 누워 있을 것이다.

은빛요양원 창문은 두꺼운 커튼으로 반 이상 가려져 있고 심청이요양원 창가엔 늘어난 속바지와 팬티, 1인용 침대 시트가 널려 있다.

늘어난 속바지, 저 힘없는 면직물을 누군가 입을 거라고 생각하면 슬퍼진다.

인생은 이상하게 흐른다.

회오리

손님이 나 하나인 고요한 카페에 앉아 책을 읽고 있다.
주인은 꾸벅꾸벅 졸고.

별안간 문을 열고 한 무리의 젊은 여자 넷이 들어온다.
왁자하게 웃는 파도처럼, 밀려들어온다.

순간 내가 있던 장소의 장이 찢어지고, 사라지고, 흔적도 없어지고……
이 공간에 있던 사람들 모두, 다음 장으로 넘어간다.
생기로 가득찬 여인들이 내가 있던 장소를 사라지게 한다. 눈깜짝할 사이에.

튼튼하고 아름답게 웃는 젊은 사람들의 에너지란.
내가 있던 곳을 완전히 다른 곳으로 만들 수 있다.
어느 때는 지구를 한 바퀴 휙, 돌려버리기도 한다.

할머니 할아버지 댁으로 음식을 싸들고 '자주' 내려가는 자식은 아버지 하나였다. 다른 자식들은 모두 바쁘고(그 나이에 바쁜 게 당연한데, 우리 아버지만 당연하지 않았다) 정신없이 사느라, 한가하게 기울어지는 막내아들만 수시로 부모에게 갈 수 있었다. 내려가면 며칠을 그곳에 머물던 아버지는 이따금 전화를 걸었다. 목소리가 작게 가라앉아 있었다.

"무슨 일 있어?" 물으면, "아니, 무슨 일은. 노인네들이랑 셋이 기운 없이 앉아 있지" 대답하던 아버지. 아버지, 왜 벌써 노인이 된 거야, 젊은 나이에. 묻고 싶어도 물을 수 없었다.

그려보지 않으려 노력했지만 늘 실패했다. 상상이 언제나 경험보다 먼저 도착했다. 그 끈질긴 '이미지'가 현실보다 더 현실처럼 눈앞에서 출렁였다. 여든이 훌쩍 넘은 부모와 조그만 상을 놓고 밥을 먹는 아들. 구부정한 등 세 개.

"내버려둬요, 내가 가져올게." 할머니가 뭘 가지러 가려는 기척을 보이면 아버지는 그리 말했으리라. 술을 몰래 숨겨둔 아버지가 몇 날 며칠 방에 누워 술만 마시면, 늙은 부모는 애가 탔으리라. 걱정으로 얼굴이 노랗게 질렸으리라.

"어쩐 일이니, 네 아비가 밥도 안 먹고 어제부터 술만 마시고 잔다." 할머니의 전화를 받으면, "내버려두세요" 체념하듯 말했다. 꽤 여러 번, 아버지는 그곳에서 앰뷸런스를 타고 병원으로 이송되었다. "너무 오래 살았나보다, 우리가 너무 오래 살았지. 저 불쌍한 애를 두고 어찌 눈을 감을꼬……" 늙은 부모는 눈물을 글썽이며 말했다. 아버지는 큰아버지를 무서워했고, 두 노인은 무슨 일이 있어도 큰아버지에겐 이 일을 숨겼다.

애물단지 막내아들이 그들을 제일 많이 찾아갔다. 김치나 떡, 과자, 과일을 싸들고. 서로를 애틋하게 여기던 사람들.

조그만 상에 둘러앉아 밥을 먹던, 순한 바보 셋은 없다. 이제 없다. 아버지가 제일 먼저 갔고, 그다음 할아버지, 그다음 할머니, 차례대로 떠났다.

다정함은 자세다

다정함은 자세다. 뭔가 필요하다고 생각할 때, '내가 도와(해) 줄게'라고 몸으로 말하는 것. 그것도 '미리' 말하는 것.

내게 한없이 다정했던 사람이 둘 있었는데, 둘 다 잃었다. 한 명은 미국으로 떠난 후 연락이 안 된다. 다른 한 명은 관계가 어색해져 연락이 끊겼다. 나는 그 둘을 좋아했다. 내가 먼저 열렬히 좋아한 게 아니라, 그들이 나를 아꼈으므로, '따라서' 좋아했다. 내게 다정한 사람, 그건 나를 좋아하는 사람이란 뜻이다.

우리를 행복하게 하는 것은 선물 자체가 아니다. 선물(마음)을 주고 싶어하는 상대의 '자세'다. 네가 좋아하는 것, 그거 해주고 싶은데, 해줄 수 있는데! 이런 말. 말이 전부다. 그게 선물의 시작이다. '말이면 다가 아니다'라고 얘기하는 이도 있겠지만, 글쎄. 나는 어기더라도, 우선 다정한 말을 건네는 이에게 마음이 간다. 내겐 말이 다다. 쏘아붙이거나 소리치지 않고, 나쁘게 말하지 않는 것. 말로 사람을 우선 끌어안는 것, 그게 다정함이다.

조건 없이 사랑해주는 엄마를 가진다는 것.

그것은 세상 무엇과도 싸울 필요가 없다는 뜻이다.

가난의 풍경

　서너 살로 보이는 여자아이가 역사 안을 뛰어다닌다. 아이 엄마는 말릴 생각이 없다. 저 여인은 의지가 없어 보인다. 삶이 고단할 때 지어 보이는 무표정. 그녀는 무엇도 응시하고 있지 않다. 아이를 보면서, 보고 있지 않다. 아이는 뱅글뱅글 돈다. 돌다 넘어지고, 다시 일어나서 돈다. 아이 엄마는 비뚜름히 앉아 있다. 티셔츠 위로 옆구리 살이 울퉁불퉁 삐져나와 있다. 나는 그 모습에서 넘치는 슬픔, 슬픔의 잉여를 읽는다.

　아이는 뛰다 넘어진다. 울지 않는다. 다시 돈다. 아이 엄마가 천천히 일어난다. 아이 손을 낚아채듯 잡고 엉덩이를 살짝 때린다. 아이는 울지 않는다. 다시 뛴다. 자세히 보니 아이의 티셔츠는 허벅지까지 내려와 있고 반소매는 팔꿈치를 훌쩍 넘어 손목 가까이 내려와 있다. 아이 엄마가 다시 아이 손을 잡아채, 끌고 가듯 걷는다. 역사 밖으로 향하는 그들의 뒷모습. 걸어가는 아이의 목뒤로 무언가 툭 튀어나와 있다. 너무 큰 티셔츠의 목둘레가 벌어지지 않도록, 노란 고무줄로 묶어놓은 것이다. 목뒤로 툭 삐져나온 저 작은 묶음. 뭉텅이. 불쑥 나온 것. 가난은 아무데서나 불거지는 것, 숨기지 못하고 튀어나오는 것이다. 불쑥. 그게 뭐든, 나오지 않으면 좋았을 게 튀어나오는 것.

몸에 맞는 옷을 입지 못하는 아이가 있고, 웃지 못하는 엄마가 있다. 아이와 엄마 뒤로 아까는 못 봤던 남자애 하나가 따라간다. 열 살 정도 됐을까. 터덜터덜, 마치 삶에서 툭 불거져나온 존재처럼, 걸어가는 남자아이. 얼굴에 버짐이 핀. 아이 엄마는 아이들을 바라보지 않고, 앞만 보며 걷는다.

표현의 중요성

사랑을 나무라는 시대를 산 어른들에게 '사랑을 표현하는 말'
은 잉여다.

사족, 팔불출, 주책, 남세스러운 말.

절제하다 사라져버린 능력.

하지 않으면 지워지는 언어.

아끼면 사랑은 불능이 된다.

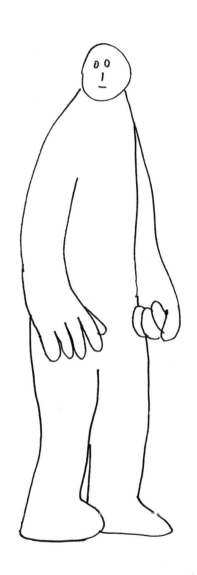

4부

안 그래야지, 하는데
그렇게
되는 일들

발레교습소에 나가는 할머니가 되어야지

"나, 기린 같아 보여?"

가끔, 실은 자주 그에게 묻는다. 고개를 숙여 모가지를 길게 빼어 보여주면서. 그는 보지도 않고 건성으로 고개를 끄덕이거나, "우리집에 웬 기린이 사나 했잖아!" 하고 과장하거나, 귀찮게 하지 말라는 식으로 나를 슬쩍 밀쳐내기도 한다. 그렇다. 나는 기린처럼 길고 우아한 목을 가지고 싶어 취미로 발레를 배우는 사람이다. 꽤 오래 배웠지만 눈에 띄는 성과는 없는, 그저 꾸준히 발레를 배우고 있는 사람.

왜 하필 (어울리지도 않는) 발레인가, 누군가 묻는다면 변명거리는 많다.

어느 날 무용수이자 안무가인 피나 바우쉬를 다룬 영화 〈피나〉를 보았거든요. 피나의 자태, 고매한 분위기를 닮고 싶었어요. 혹은 이렇게 말할 수도 있다. 어느 날 거울을 보니 팔다리와 목이 전보다 짧아진 것을 발견했습니다. 충격이었어요. 다시 늘여보고자(예전엔 분명 이렇지 않았다고요) 발레를 배워야겠다고 결심했지요. 어쩌면 당신은 그건 짧아진 게 아니라 '살찐 것'이 정확한 표현 아니냐고 지적할 수도 있겠지요. 글쎄요. 거울 앞에 선 저는 "이상해…… 전보다 자꾸 짧아지잖아" 하고 중얼거리게 되는걸요. 그래서 발레를…… 시시콜콜한 변명들.

내가 두려워하는 게 하나 있다면 그건 사지가 짧아 보이고 거북목이 되어가는 것이다! 목! 목은 중요하니까. 목은 머리와 몸 사이에 난 '복도'다. 머리통과 몸통을 구분 짓고 이어주는 좁고 기다란 통로. 발레는 목과 어깨가 친해지는 것을 용서하지 않는 장르다.

내 발레 선생님은 언제나 "목과 어깨를 가능한 멀어지게 하세요"라고 주문한다. 둘이 붙어 있는 것을 용납하지 않는다. 세상에는 친해져서 좋을 게 없는 사이도 있는 것이다. 목과 어깨처럼. 그녀는 주문한다. "머리통을 누가 위에서 잡아당기는 것처럼, 길게 계속 자라나게 하세요!" 진짜 자랄 수만 있다면 얼마나 좋을까. 그녀는 주문한다. 어깨를 아래로 끌어내리고, 견갑골은 뒤에서 모으고 턱은 들고, 미간을 위로 끌어올리고, 코끝으로 앞을 본다고 생각하세요. 그녀는 주문한다. 무릎과 허벅지 사이에 지퍼가 있다고 상상하고 그 지퍼를 위로 쭉 끌어올리듯 당기세요. 절대 지퍼가 열리지 않게 하세요. 아랫배는 배꼽 위로 바짝 끌어올린다고 상상하고, 엉덩이는 조이고, 갈비뼈는 꽉 닫으세요. 그녀는 주문한다. 어깨에서 팔꿈치까지 선반에 올려놓은 것처럼, 일자가 되도록 팔꿈치를 드세요. 팔이 마치 등에서부터 시작하는 것처럼 길게 늘여, 알 라 스콩á la second! 그녀는 주문한다. 손가락 마디마디가 길어지도록, 끝까지 에너지를 전달하세요. 어쩌고저쩌고.

계속되는 까다로운 주문에 귀를 기울이다보면 정신은 멍해지고 몸은 부들부들 떨린다. 여기저기를 끌어올리고 조이고 닫느라 온몸에 힘이 들어가는데, 사실 지나치게 힘을 주는 것은 잘못된 것이다. 발레는 버티기가 아니라 끊임없이 늘여야 하기 때문이다. 근육을 조이는 동시에 늘이는 게 관건이랄까. 어렵다! 그러나 내가 나무처럼 자라는 중이라고, 태양을 향해 뻗어나가는 중이라고, 잠시 상상에 빠지는 일은 짜릿하다.

　분야를 막론하고 모든 고수는 '춤추듯' 한다. 짐승의 뼈와 살을 발라내는 도축업자, 건반을 주무르는 피아니스트, 키보드와 마우스를 조종하는 프로게이머, 수술을 집도하는 외과의사, 무대 위를 거니는 연극배우, 발끝으로 턴하는 발레리나…… 고수의 동작엔 '억지'가 없다. '쓸데없는 힘'이 없다. 힘을 뺀 듯 자연스럽고 에너지가 넘친다. 몸에 밴 리듬이 모든 동작을 춤처럼 보이게 한다. 그들은 다음 동작을 '생각'하지 않는다. 그냥 행동한다. 나처럼 아마추어로 발레를 흉내내는 초보자들은 언제나 동작을 만들기에 급급하다. 동작을 만들어내는 것, 그것은 춤이 아니다. 고수가 되기 전엔 춤이 아닌 것들(두려움, 흉내내기, 어설픔, 고심, 망설임, 진지함) 속에서 춤을 흉내낼 수밖에 없다. 진정한 무용수는 몸, 마음, 음악이 삼위일체가 되어 피어난다. 춤이 탄생하는 순간이다. 고수에게는 동작이 보이는 게 아니라 어떤 근원적인 감정, 뉘앙스, 에너지가 보인다. 음악이 보인다. 춤추는 자는 음악을 몸에 입고 춤춘다. 춤추는 자의 옷은 음악이다!

무대 위에서 새처럼 날아다니는 발레리나를 보고 "나는 왜 저렇게 안 될까"라고 탄식하자 옆에 있던 그가 눈을 동그랗게 뜨고 한마디한다. "이런 날도둑!" 무용수가 저렇게 춤추기까지 자기 시간과 열정과 땀과 마음을, 그러니까 그의 인생 전부를 지불했을 텐데. 고작 일주일에 세 번, 잠깐씩 취미로 배우는 자가 언감생심 저런 실력을 바라다니! 그게 도둑 심보가 아니고 뭐란 말인가.

꽃기린 위를 걸어오는 바람

발톱을 세운 봄의 구두

바닥에 세워놓은 염색체 무리

뿌리에서 놓여난 식물

유연한 나뭇가지

척추가 늘어나는 밤과 낮
시치미를 발목에 달고

허밍으로 비밀을 발설하는 무희들

감은 눈으로 긁적이는 먼 나라의 문자

목숨을 담보로 춤추는, 포식자 앞의 새

잃었다는 기억을, 잃은, 날개

수천 송이 코스모스들이 이룬 벨벳혁명

― 졸시 「무용수」 부분, 『베누스 푸디카』 수록·

　무용수를 새나 춤추는 고양이로 비유할 수 있다면, 그건 '날아
오르기에 적합'한 몸을 가졌기 때문일 것이다. 새처럼 완만한 유
선형의 상체, 고양이처럼 유연한 관절을 가졌기 때문이다. 군살
없이 가볍고 부드럽고 탄력 넘치는 몸! 애초에 발레를 하기에 내
몸은 적합하지 않다. 가슴과 엉덩이에 살이 많아(육감적이라고
우겨볼까 싶지만 없어도 되는 곳까지, 살이 분방하게 분포되어 있다)
중력을 거스르고 높이 뛰는 일에 몹시 방해를 받는다. 그렇지만!
내 목표는 발레 무용수처럼 한 점의 군살 없이 완벽한 몸을 가지
는 게 아니다. 다만 튼튼하고 곧은 몸으로, '춤추고 있다'는 감각

을 느끼며 계속 배워보는 거다. 지금은 춤이 아니라 동작을 만들어보기에 바쁘다지만, 언젠가는 음악을 입고 춤출 수 있기를. 그게 목표다.

뭐든 어릴 때 배워야 한다. 어린아이들은 '그냥' 하다가 잘하게 되고, 어른들은 '잘' 하려다 그냥 하게 된다. 아이처럼, 아이의 마음으로 돌아가 '그냥' 해야겠다. 생각 없이 그냥 하다가 잘되는 순간을 맞이하는 기쁨은 클 테니까. 계속할 것이다. 일주일에 세 번, 발레교습소에 나가는 할머니가 되어야지. 오전에는 발레를 배우고, 오후에는 공책을 펼쳐 시를 쓰는 할머니. 공책을 새것으로 바꿀 때마다 맨 앞에 적어놓는 문구를, 할머니가 되어서도 적어놓을 것이다.

"춤추지 않으면 무용수들은 길을 잃는다."
 ─ 피나 바우쉬

시를 쓰는 내 정체성과 무용수의 정체성이 크게 다르다고 생각하지 않는다. 시는 '언어가 추는 춤'이라 믿는 까닭이다. 길을 잃어도 멈추지 않을 것이다.

누가 누구를 안다는 것

아무것도 아닌 듯 지나갔는데, 혼자 있을 때 생각나는 일이 있다. 주로 기분 나쁘게 만드는 일. 내 오래된 남편 때문에 종종 생기는 일들. 남편을 오래된 남편이라고 부르는 이유는 이 사람이 나보다 '오래된(오래 산)' 사람이기 때문이다. '책 결혼식'으로 결혼을 알리고, 사랑을 공론회시키고 니니 오만 가지가 편해졌지만 서너 가지가 불편하다. 그중 하나는 오래된 내 남편을 나보다 오래 보아온 사람들이 나를 보자마자 건네지 못해 안달난 조언, 혹은 충고를 듣는 일이다. 그들은 대개 여자이고 나보다 스무 살 이상은 나이가 많다. 얼마 전에도 그런 일이 있었다,

그녀는 나를 (뜯어)보더니, 다가와 이것저것 말을 건넨다. 우리 결혼 얘기(대부분 축하)를 필두로 '내 남편' 이야기를 한다. 그녀는 '자기가 훨씬 잘 아는' 그에 대해 이야기하고 싶어한다. 당신은 (아마도 어려서, 그의 옛 모습을) 모를 테지만 "나는 잘 알아요". 그녀는 일단 그에 대해 더 잘 알고 있음을 강조한다. 오래된 인연임을 강조하거나 그가 힘들 때 옆에서 본 적 있다고 하면서 '너는 절대로 모를' 어떤 이야기들을 알고 있음, 그 사실을 주지시키려 한다. 나는 눈을 살짝 내리깔고 탁자를 문지르며 "그러시겠지요" 대꾸한다. 별안간 그녀는 "그 사람이 얼마나 고독한 사람인지 모를 거예요" 하고 내게 말한다. 그다음, 당신보다 내가 더 잘 아노라고 세 번이나 강조했지. 글쎄! "누가 알겠어요. 사람이 사람을 안다는 게…… 누가 얼마나 고독한지……" 이렇게 말했지만 나는 이미 질려 있다. 누가 누구를 얼마만큼 잘 아는지, 그것도 내 남편에 관해서, 이렇게 얘기하는 그들의 속내를 모르는 바 아니다. 나처럼 사람 심리를 연구하는 것을 유별나게(+쓸데없이) 좋아하는 애라면 특히 잘 안다. 그녀는 다방면에서 '(자신보다) 잘 알지 못하는' 나를 탓하며 우쭐해지고 싶은 것이리라. 나중에, 찜찜해서 남편에게 가 그 여자를 잘 아느냐고 물었더니, 몇 번 본 적 있는데 잘 모른다고 했다.

자, 원점으로 돌아가자. 누가 누구를 더 잘 아는 것(그것도 불가능하지만 안다고 치고), 그게 권력이 될 수 있는가? 아는 게 권력이란 생각은 착각이다. 굳이 권력을 논하자면 사람을 아는 게 권력이 아니라 끌어안는 게 권력이다. 그 사람을 끌어안고, 품고, 아끼는 것. 그때야 그 사람에 대한 지분이 생기고, 무언가 말할 수 있는 권한이 생긴다. 그때 권력은 무지막지한 힘이 아니라 오히려 '힘을 풀고 풀밭에 드러누워 기다리기'와 같은 권력이다. 사랑에 대해, 인생에 대해, 고독에 대해, 당신에 대해 내가 다 알지 못하더라도, 혹은 조금 안다 해도 '알은체'하지 않겠습니다, 하고 말하는 권력. 절대 권력이지.

굳이 이런 걸 글로 쓰는 이유는 더이상 그런 말을 듣고 싶지 않기 때문이다. "그거, 내가 좀 알아." 이런 태도를 보는 게 지겹다. 뻔하다. 한 사람의 심연은 아래로 깊고 깊은데, 우주의 광활함을 어떻게 안단 말인가. 너무 커다란 것, 그것은 볼 수 없다. 너무 작은 것과 마찬가지로.

내가 사랑하는, 오래된 내 남자는 그냥 오래된 게 아니라 오래 상심했을 테고, 오래 아파했을 테고, 오래 기뻐했을 테고, 오래 사랑했을 테고, 오래 미워했을 테고, 오래 실패했을 테고, 오래 썼을 테고, 오래 바뀌어왔을 테고, 무엇보다 오래 존재했을 텐데. 그는 '누구의 아들도 아닌 석주' 아닌가. 안다고 하지 말자, 그것도 당신 남편 내가 좀 안다고, 남의 아내 앞에서 말하지 말 일이다. 당신들 입장에서 나는 늦게 찾아온 와이프이지만, 내 입장에서는 제때 찾아간 거니까.

흥분해서 손가락이 안 보일 정도로 와다다닷! 타이핑했다. 남의 말에 신경을 많이 쓰는 편이 아닌데, 심심치 않게 벌어지는 일이라 써두기로 한다.

호프 자런의 『랩 걸』에 이런 문장이 나온다.

> 아빠와 나는 집까지 가는 3킬로미터 정도 되는 길을 걷는 동안 아무 말도 하지 않는 습관을 오래전부터 지켜오고 있었다. 조용히 함께하는 것이야말로 북유럽의 가족들이 자연스럽게 하는 일이고, 아마도 제일 잘하는 일인지도 모른다.

조용히 함께하는 것. 이것이야말로 아름답다. 나는 내 오래된 남편의 오래된 이야기를 한 번도 꼬치꼬치 캐물어본 적이 없다. 그가 쓴 글을 통해 짐작해보거나 '때때로' 그가 마음 깊은 곳에서부터 은하수를 흘려보내듯이 입 밖으로 꺼내면, 가만히 듣고 고개를 끄덕일 뿐이다.

제주도 문학캠프에서 뵌, 시인 김정환 선생님은 우리 결혼을 두고 "장석주가 횡재한 것"이라고 두 번이나 말씀하셨다. 그가 왜 내 남편에 대해 몰랐겠는가. 한 세대 이상을 알고, 같이 지나온 사이인데. 그런데도 절대로 그를 안다, 모른다 말씀 안 한다. 다만 내 남편이 횡재한 것이라고 즐겁게 말할 뿐. 툭 던진 그 말은 물론 나 듣기 좋으라고 한 농담이겠는데, 왜 내겐 여러 장으로 이루어진 편지처럼 느껴졌는지 모르겠다. 그래서 밤에 혼자 그 말을, 거기에 고여 있는 무수히 많은 시간들, 말썽들, 고비들, 지금을, 헤아려보는 것이다.

총총. 걸어가자. 별들이 위로 지난 길을 나는 아래에서 지나가리라.

밖엔 벌써 봄이 도착했다. 목련 꽃눈 피면 봄소식 받은 거다. 한겨울에 만난 봄의 기적. 물끄러미 유리창에 기대 중얼거린다. 봄아, 나를 봤니. 나를 아니. 물음표를 삼킨 채 묻는 말.

스마트한 바보 되기

피로는 선택할 것이 많아지면서 가중된다. '멀티'를 요구하는 사회에 부응하는 일. 이는 필연적으로 경쟁을 부른다. 이 시대의 사람들은 한두 명의 라이벌만 갖지 않는다. SNS에 접속하면 세계 각국에 사는, '즐거워 보이는 인생들'이 실시간으로 떠오른다. 라이벌만 수십, 수백, 수천 명이다. '모르는 사람'은 순식간에 '아는 사람'이 된다. 스마트폰을 쥐는 순간 아는 사람들, 알아야 할 사람들, 알지도 모르는 사람들이 파도처럼 밀려온다. 그 과정에서 나는 쉽게 휩쓸리고, 쉽게 즐거움을 느끼고, 쉽게 환멸을 느낀다. 누군가 미용실에 가서 머리를 새로 하고, 어느 맛집에 다녀왔는지 실시간으로 알게 된다. 알고 싶지 않아도 알게 된다. 피로하다. 재미있는데 피로하다. 즐거운데 피로하다. 나 역시 커피를 마시기 전에 사진을 찍고, SNS에 올린다. 커피를 마시는 일을 알릴 일인가, 생각하다 머리를 긁적인다. 생각하면 또 피로하다. 관계는 쌓이고 얽히고 견고해지다 툭툭 끊어진다.

스마트폰은 자신은 스마트하면서 사용자는 점점 멍청해지게 만든다. 나는 모든 '불편'을 겁내는 겁쟁이가 되었다. 버스나 지하철 시간을 미리 알지 못하면 답답해하고, 구글 지도 없인 새로운 곳을 헤매지 않는다. SNS로 타인의 삶을 실시간으로 들여다보며 그들의 삶에 수시로 영향을 받는다. 그들이 가는 곳을 가고, 그들이 먹는 것을 먹고, 그들이 하는 것을 하고 싶다. 온갖 소식, 첨단 기술, 널려 있는 정보들을 수동적으로 들여다본다. 남이 실시간으로 검색한 것을 재검색하고, 검색으로 알게 된 것을 일상에 데려온다. 편리하고 안온한 삶을 얻은 대신 뭔가 큰 것을 잃은 것 같다. 그게 뭘까?

'미리 알지 않는 삶', 알 필요가 없는 삶을 되찾고 싶다. 무언가를 결정하기 전 스마트폰으로 검색하는 일에서 벗어나고 싶다. 내 결정을 작은 기계에 의존하는 행위가 마땅찮다. 나는 언제부터 스스로 생각하고 결정하고 행동하는 것을 겁내게 되었는가?

버스에서 카페에서 거리에서 여행지에서 그리고 집에서까지, 왜 이 작은 기계를 통해 '간접적으로' 세상을 보게 되었나? 이 앵글은 얼마나 답답한가? 나는 누구인가? 나는 기계를 사용하는 자인가, 아니면 기계가 나를 사용하고 지배하는 존재인가? 이 작은 기계가 나를 대변할 수 있는가, 대변하고 있는가?

한밤중 자유로를 달리는 광역버스에서 내리려고 일어서다 깜짝 놀랐다. 버스에 앉아 있는 사람들이 한 명도 빠짐없이, 좀비처럼 앉아 스마트폰을 들여다보고 있었다. 나 역시 내리려고 일어서기 전까지 스마트폰을 보고 있었다. 무서웠다. 모두 뭔가에 홀려 있는 것 같아 소름이 끼쳤다. 버스에서 내리는 동시에, 이제 나는 스마트폰에서도 내려야 할 때임을 깨달았다. 유용한 기계임은 분명하지만 본말이 전도되었다. 사람이 집에 사는 게 아니라 집이 사람 위에 올라타 있는 광경을 본 것 같았다.

지구상에 있는 모든 생명체는 조금씩 변화하며 느리게 진화한다. 오직 인간만이 급격하게 변화하고 발전한다. 어떤 발전은 퇴보를 불러온다. 스마트폰 때문에 우리는 바보가 되고 있다. 남이 보여주는 것을 보고, 자극적으로 편집된 텍스트와 이미지에 노출된 덕에 읽는 능력을 잃어버린다. 긴 글을 읽지 못하고 남의 의견과 자기 의견을 구분하지 못한다. 진득하게 앉아 무언가에 '집중'하지 못한다. 일찍 스마트폰에 노출된 어린아이들은 주체적으로 사고하는 법을 배우지 못한다. 스마트폰이 없으면 불안해한다. 일도 처리하지 못한다. 스마트폰의 탁월한 기능 때문에 사람들은 24시간 일할 수 있고, 일해야 하는 존재가 되었다. 우리는 온종일 '작은 컴퓨터'를 손에 쥐고 살게 됐다.

스마트폰을 손에 쥔 자는 손안에 세상을 쥐고 있다고 생각하겠지만 아니다. 세상이 스마트폰만한 크기로 작아진 것이다.

스마트한 바보 탈출기

2009년 11월, 스티브 잡스는 아이폰 3를 내놓았다. 전 세계가 열광했다. 스마트폰을 쓴 지 약 10년이 가까워지던 어느 날, 억울한 감정이 밀려왔다(앞글에서 이야기했듯이). 10년 전의 나를 돌려받고 싶었다. 내 몸과 정신에 커다란 문제가 생긴 게 분명했다.

아래 글은 2018년 4월 21일, 스마트폰을 폴더폰으로 바꾸며 '공책'에 써놓은 일기다.

——*

스마트폰을 없애고 폴더폰으로 바꾼 지 사흘 되는 날이다.

별다른 일도 없는데 기분이 좋다. 왠지 '잘 살 수 있을 것 같은 자신감'이 생겼다. 잠도 잘 잤다. 머리도 아프지 않다. 머리에 늘 묵직한 연통을 메고 다니는 기분이었는데, 지금은 가뿐하다!

카페에 노트북도 가지고 나오지 않고 달랑 책 세 권, 공책과 펜만 가지고 나왔기에 더 홀가분하다. 나는 이제 길을 걷다 서서 미세먼지 수치를 확인할 수도 없고, 버스가 언제 오는지 알아볼 수도 없고, SNS에 접속해 남의 삶을 들여다보며 공감하거나 부러워하거나 때로 짜증을 느끼거나, 더 많이는 피로를 느낄 수도 없다! 당장은 날씨도, 뉴스도, 곧 떠날 여행지 정보도 알아볼 수 없다. 물론 누가 메일을 보냈는지 확인할 수도 없다.

스마트폰은 실시간으로(정말 실시간이다) 무지막지한 양의 새로운 정보를 공급하는 공장이고, 나는 공장 안에 채워진 세상 정보를 두루 살펴보느라 늙어가는 일꾼이었다. 이제 퇴직했다! 야호! 그동안 남의 삶에 '끼인' 내 삶을 살고 있었다.

스마트폰이 없으니 할 수 없는 게 많아졌다. 할 수 없는 일은 바로, '할 필요가 없는 일'이다!

어떤 소식도 '미리' 알지 않고, 알 수 없다는 게 이토록 홀가분하다니. 알 권리보다 더 중요한 게 '알지 않을 권리'다. 카페에 앉아 커피를 마시며 새삼 감격했다. 내가 할 수 있는 일은 폴더폰으로 도착한 새 메시지를 하나 읽고 답장을 보내는 일, 독서와 생각, 멍때리기뿐이다. 스마트폰을 사용하지 않으니 멍하니 앉아 생각하는 시간도 많아졌다. 더불어 무언가를 기다리거나 궁금해하는 일(생각으로 이어진다)도 생겼다.

쉴 때도, 차로 이동할 때도, 자기 전과 일어난 직후에도 틈틈이 스마트폰을 들여다보던 나는 말하자면 1분 1초도 '그냥' 쉰 적이 없던 거다. 작은 컴퓨터와 몸을 떨어져 지낸 적 없이, 쉬임 없이 노동하고 있던 것과 진배없다. 스마트폰에 일찍 노출되는 요새 아이들은 일평생 '그냥 쉬는 것'이 뭔지 모르고 살지도 모른다. 혼자 있을 때도 우리는 '그냥' 앉아 있지 못하고 늘 무언가를 들여다보지 않는가(게임, 검색, 메시지, 텔레비전, 온라인 쇼핑, 독서 등).

스마트폰이 언제 처음 나왔지? (세상에! 이 생각을 하자마자 내 손은 폴더폰을 쥐고 무의식적으로 검색하려 했다! 이 노예의 반응! 일하기 위해 즉각 일어나는 속도를 보라!) 궁금하지만 나중에 알아봐야겠다. 나는 오랫동안 스마트폰을 사용하며 편리하다는 것에

속아, 얼마나 많은 것을 잃어버리고 잊어버렸을까? 서서히 거북목이 되어 어깨가 굽고, 두통이 생겼으며, 장기 집중력을 잃었고 (이게 제일 문제다!), 이십대 때에 비해 독서하는 시간을 상당히 많이 빼앗겼으며, 독서하다 수시로 방해를 받고, 남의 삶을 들여다보느라 내 삶을 주체적으로 살지 못했다. SNS는 좋은 점이 많지만(소통하고 공감하고 중요한 정보를 빨리 알 수 있다), 그래서 인스타그램 계정만은 없애지 않고 두었지만, 중독되면 문제가 된다. 사람들이 무얼 먹고, 입고, 읽고, 쓰고, 구입하고, 사랑하고, 여행하고 사는지 '폭포수'처럼 쏟아내기 때문에 피로해진다. 내 삶이 알지도 못하는 타자들의 영향 아래 놓인다. SNS에 보이는 타인의 삶은 여과된 삶이기에 내 일상과 비교했을 때 터무니없이 좋아 보이기도 한다. 여과지에 걸러진 상태의 인물들과 관계를 맺으면서 오해와 이해를 남발하게 된다.

물론 스마트폰을 없앤 후 상당한 금단 증세를 보이고 있다. 휴대전화를 바꾼 당일, '카카오택시'를 부를 수 없는 것에 당황하고, 500만 화소밖에 안 되는 카메라 기능에 절망했다. 친구가 이미지 파일로 메시지를 보내면 볼 수 없었다. 음악을 들을 수 없어 '멜론' 이용권을 해지했고, 걸으면서 팟캐스트를 듣지 못해 30만 원이나 주고 산 헤드폰을 바라보며 한숨을 쉬었다. 버스를 기다리다 참지 못하고 ARS 음성 통화로 버스 오는 시간을 알아보기도 했다. 남편의 스마트폰을 보면 나도 모르게 손이 먼저 나가 만지려 한다. 할 수 없는 게 많아져 하나둘 포기하다보니 내가 그동안 스마트폰으로 소비생활을 많이 해왔다는 것도 깨달았다(멜론, 소액 결제, 모바일 쇼핑, 택시 호출, 인터넷 뱅킹, 헤드폰 구입까지!).

이제 스스로를 '임상 실험대'에 올려놓고 지켜볼 거다. 내가 어떻게 변하는지, 삶의 만족도가 올라가는지, 피로가 사라지는지. 실험하는 이도, 실험당하는 이도 나다.

일기는 여기까지다.

스마트폰을 없앤 지 이제 몇 달 되었다. 아직도 금단증세가 남아 있다. 여전히 남의 스마트폰을 보면 만지고 싶고, 친구에게 전화해 카카오택시를 불러달라고 부탁한 적도 있다. 그러나 다시 스마트폰을 쓰던 시절로 돌아가고 싶진 않다! 결코! 피로도가 현저하게 줄었기 때문이다. 인스타그램 계정은 없앨지, 그냥 둘지, 여전히 고민중이다.

스마트폰을 사용하지 않고 지낸 기간이 더 오래되면, 실험 결과를 소상히 기록해보고 싶다. 스마트폰을 없애고 공책에 생각을 자주 적는다. 이것 참 즐겁다!

To Be Continued…….

죽을 때 나는 미끄럼틀 옆에서 죽겠지

차이콥스키 피아노협주곡 1번 내림 나단조 작품번호 23-1악장

죽을 때를 떠올리려 해보니 벌써부터 억울하다. '생의 마지막 순간에 듣고 싶은 노래'를 주제로 짧은 에세이를 써달라는 청탁을 받지 않았다면, 죽음과 음악을 결부시켜 생각하는 일은 없었을 것이다. 처음엔 무엇도 쓸 수 없었다. 죽어가는 사람이 죽기에도 바쁠 텐데 그 순간 무슨 음악이란 말인가, 하는 뻬딱한 생각도 들었다. 언젠가 죽어가는 자를 가까이에서 지켜본 적이 있는데, 이미 죽음의 먹이가 된 자는 음악을 들을 만큼 한가해 보이지 않았다. 그는 밖의 일보다 자기 안에서 일어나는 존재의 환원작용에 골몰하는 듯했다. 어쩌면 그는 내부에 자리한 커다란

동력기를 돌리고 있었는지도 모른다. 살아온 날들을 분쇄하는 데 쓰이는 동력기를, 혼자서 고독하게. 그는 내부의 소리에 더 반응하는 듯 보였다. 그러지 않고서는 그토록 하염없어 보이는 얼굴로 허공을 응시할 리 없었다. 한 존재가 자기 바깥으로 흩어지려 할 때, 매달릴 곳을 잃은 자의 얼굴이었다. 그와 연루된 일은 음악을 동반하는 일일까? 이쪽에서는 들을 수 없는 그만의 음악이 있을까?

사실 나는 오키나와 나하시 국제거리의 한 카페에서 이 글을 쓰고 있다. 길게 뻗은 이 거리는 '기적의 1마일'이라고 불린다. 제2차세계대전 당시 폐허에서 사람들의 힘으로 변화하고 활기찬 거리로 재건되었다. 많은 죽음이 '비밀'처럼 숨은 거리. 죽음은 비밀이다. 그 많은 죽음이 어디로 사라졌는지 우리는 모른다. 반면 삶은 자명하다. 야자수가 펄럭이고 관광객들이 밝은 표정으로 지나다니는 아름다운 거리에서 죽음을 생각하자니 음악이고 뭐고 역시, 죽고 싶지 않다. 내가 죽음에 대한 생각으로 골몰할 때도 옆 테이블에 앉은 남자는 턱에 난 여드름을 손으로 쥐어뜯고 있다. 역시 자명하다. 이곳은 햇살과 바람과 여드름 난 남자가 있는 삶의 복판이다.

언젠가는 닥칠 것이다. 태어나는 모든 생명은 죽음을 선물처럼 두 팔에 끌어안은 채 태어나니까. 내가 태어날 때 내 죽음도 함께 태어났다고 생각하니 기분이 묘하다. 죽음은 우리 곁에 있는 게 아니라 안에 있기 때문에 사는 동안 볼 수 없다. 내 죽음을 정작 나는 보지 못할 테니 억울하다. 신이 있다면 때를 알고 있겠지만 미리 알고 싶지 않다. "내게 진실의 전부를 주지 마세요(하우게)"라고 노래한 시인도 있지 않은가. 진실의 '전부'란 재앙과 다름없다. 진실은 언제나 조금 드러난 것, 혹은 은밀하게 잠겨 있는 것이 좋다.

독일의 시인 하이네는 죽음을 긍정했다. "잠이 좋다. 더 나은 것은 죽음이다. 아예 태어나지 말았더라면 가장 좋았으리라"고 말하며, 태어나 사는 일이 죽음보다 고됨을 꼬집었다. 그러나 누가 알겠는가? 죽음에 대해 이야기하는 자들은 모두 죽어본 적 없는 자들뿐인걸!

바라건대 죽음 직전이 아니라 죽음이라는 종착지에서 두어 계단 떨어져 있을 때, 아직 오감이 밖을 향해 움직이고 있을 때 마지막으로 음악을 들을 수 있다면 '차이콥스키 피아노협주곡 1번 내림 나단조 작품번호 23-1악장'을 듣고 싶다. 삶에 미련이 많아 20분 넘는 시간의 긴 곡을 고른 것은 아니다. 이 곡은 서두와 마지막 부분의 웅장하고 유려한 흐름이 특히 아름답다. 또한 이

곡에는 어떤 '이야기'가 들어 있는데, 들을 때마다 떠오르는 이야기가 달라진다. 다른 기억을 불러온다. 물론 모든 음악에는 나름의 내용과 형식이 있지만 이 곡에는 한 사람의 인생을 압축해놓은 듯한 '실감'으로서 극적인 이야기가 만져진다. 문학처럼 구체적인 이야기를 풀어내진 않지만 그렇기 때문에 듣는 사람마다 다른 이야기, 다른 시간, 다른 장소에 닿을 수 있다. 어떤 날에 대한 기억. 눈물이 쏟아질 것 같은 순간, 격정에 빠지거나 절망하는 순간, 범상한 순간이 골고루 들어 있다.

음악은 어떤 예술보다 넓고 깊다. 먼 곳으로 데려다준다. 이 곡은 나를 먼 곳으로 갈 수 있게 해주는 미끄럼틀이다. 깊은 밤, 혼자 창가에 앉아 이 곡을 들으면 기다란 미끄럼틀을 타고 내려오는 기분이 든다.

죽을 때 나는 미끄럼틀 아래에서 죽겠지

너무 기다래서

높이를 가늠할 수 없는 미끄럼틀

뱀의 영혼일지도 몰라 그건

초록이나 갈색인

(뱀의 미끄럼일지도)

나무들은 손 털 것이다

만세를 생각하며

죽을 때 미끄럼틀 아래에서 녹는 건 나

지나간 것들과 조우하겠지

모든 날은 아니고

어떤 날들

나였던 나들이 눈송이처럼 쌓이고

한밤중

누군가 창을 열고 이쪽을 보면

쌓이고 녹고 미끄럽게 죽는 사이

문이 닫히겠지

– 졸시 「촉觸」 전문

홍대: 애정하는 가게들

가야

서울시 마포구 동교동 205-3

이곳을 좋아하기 전에는 이름 따위는 염두에 두지 않았다. 가게에 정이 들수록 이름도 새록새록 좋아졌다. 가야는 신라와 백제 사이에 끼어 있다 망해 없어진 나라다. 세세한 역사 이야기는 다 잊었는데 '금관'과 '장신구'가 유명한 나라, 가야금을 잘 뜯던 우륵의 나라라는 것만은 기억한다. 아름다운 것들을 만들다 사라진, 신비한 나라.

처음에는 선뜻 들어가지 못했다. 정확히 무엇을 파는 곳인지 몰랐기 때문이다. 얼핏 보면 꽃집 같아 보였고, 대체로 액세서리 숍 같아 보였으며, 때로는 소수의 사람들만 드나드는 공방 같아 보이기도 했다. 일주일에 세 번은 그 앞을 지나야 했는데 지날 때마다 호기심이 커졌다. 걸음을 느리게 하고, 모가지를 좌우로 꺾어 통유리 안쪽을 훑어보았지만 알쏭달쏭한 느낌은 여전했다. 들어가보고 싶었지만 왠지 기웃거리다 지나치게 됐다. 보석이나 장신구를 판다면 비쌀 것처럼 보였고, 파는 게 아니라 만드는 곳이라면 나 같은 문외한은 들어갈 일이 없을 곳처럼 여겨졌다. 한동안 〈가야〉를 지나치기만 했다.

어느 날 유리창 너머에 진열된 목걸이를 보고, 걸음을 멈췄다. 나도 모르게 상체를 앞으로 숙여 유리 가까이에 이마를 대고 안을 들여다보았다. 그때 가야 언니가 문을 빼꼼 열고는 들어와서 구경하라고 말했다. 하얀 피부에 눈이 커다랬다. 언니의 표정과 짙은 풀색 원피스가 좋아 냉큼 들어갔다.

가게는 밖에서 보는 것과는 딴판이었다.
따뜻하고, 신비롭고, 아름다웠다.

작고, 반짝이는 것들이 가득했다. 어떤 것은 매달려 있고 어떤 것은 담겨 있으며 어떤 것은 그냥 톡, 놓여 있었다. 보석보다 더 윤기 나는 식물들이 한가득 '살고' 있었다('살고' 있다는 표현밖에 할 수 없는데, 직접 봐야 한다). 식물들이 평화롭게, 느린 속도로 자라고 있는 보석 가게. 크고 작은 화분들이 바닥 곳곳, 진열대 위에 액세서리 수만큼이나 놓여 있기 때문에, 밖에서 보면 오히려 꽃집 같아 보였던 거다. 대강 훑어봐도 주인의 성품과 취향을 짐작할 수 있었다. 가야 언니는 "이렇게 작은 것들"을 좋아한다며 웃었다.

액세서리를 구경하느라 시간 가는 줄 몰랐다. 어느 것은 대보고, 어느 것은 걸어보았다. 가격은 밖에서 예상한 것보다 훨씬 저렴했다. 보석 하나하나를 들여다보고 있으면 가야 언니가 어떻게 세공했는지, 원석의 이름은 무엇인지 설명해주었다. 처음 들어간 날, 작은 페리도트가 달린 목걸이를 샀다. 돈을 지불하고, 이렇게 예쁜 가게를 알게 돼 기쁘다고 말하는데 발아래서 어떤 기척이 느껴졌다. 내려다보니 화분 사이로 절뚝이며 걸어오는 개 한 마리가 보였다. 한눈에 봐도 많이 늙었다는 것을 알 수 있었다. 걸음을 뗄 때마다 몸을 떨었고, 걷는 속도도 느렸다. 가야 언니가 까시야, 하고 이름을 부르자 개가 천천히 언니에게로 갔다. 19년을 키운 개라고 했다. 순간 그냥 아, 하고 말았다. 별말을 보태지 않고, 까시에게 잘 지내라고 인사를 하고 나왔다.

집으로 돌아와 페리도트라는 보석을 검색해봤다. 페리도트는 8월의 탄생석으로, "부부의 행복과 친구와의 화합"이라는 의미를 가진 보석이었다.

〈가야〉에 친구를 두 번 데리고 갔다. 취향이 다른 친구들이었는데, 둘 다 이곳을 좋아했다. A는 보석에 환호했고, B는 분위기에 환호했다. A는 목걸이를 하나 샀고, 내게도 하나 선물해주었다. B는 이렇게 작은 소품들이 예쁘게 '놓여 있는 풍경'에 환장하는 친구였는데, 천천히, 실컷 구경했다. B는 가야 언니에게 가게를 꾸미는 방법이나 작은 꽃을 기르는 법에 대해 물어보았고 언니가 대답해주었다. 나는 구석에서 새끼손가락에 끼는 반지를 꼈다 뺐다 하고 있었다. 셋이 친구처럼 서서 이런저런 이야기를 주고받았다. 이상하게 한 번 들어오면 나가기 싫어지는 곳이었다.

얼마 전 〈가야〉를 다시 찾았다. 주인 언니와 인사를 하고, 요새 먹는 것도 없는데 살이 찐다고 푸념을 하고, 나잇살은 먹는 것과 상관없이 죽어도 안 빠지는 살이라며 수다를 떨었다. 〈가야〉는 여전했다. 문득 이런 공간에서 하루종일 보석을 만들며, 작은 식물들과 함께 시간을 보내는 일은 얼마나 근사할까, 생각해보았다. 그러나 생각도 잠깐, 앙증맞은 귀걸이를 발견! 마음에 드는 두 개의 귀걸이를 양쪽에 하나씩 달아보았다. 그냥 한번 껴보는 거예요, 말했지만 호박과 초록 나뭇잎과 진주가 조그맣게 엉겨 붙은 모양에 마음을 뺏겨 구입하지 않을 수 없었다. 인사하고 나 가려는데 뭔가 허전했다. 까시가 보이지 않았다. 조심스럽게 까 시의 안부를 물으니, 얼마 전에 떠났다고 했다. 나는 태연한 척했 다. 혹시 가야 언니가 울까봐 힘드셨겠네요, 하고 말았다. '태어 나 늙어 죽기'까지 19년을 주인과 함께한 개. 그 개를 떠나보내는 일. 어설픈 말로는 위로가 되지 않을 것이다. 언니는 의외로 표정 이 편안해 보였다. 아마 충분히 사랑했기 때문일 테지.

화제를 돌리려고 엄마 집에서 기르는 구름이 이야기를 했다. 유기견 센터에서 데려온 구름동동이. 이제 같이 산 지 7년이 넘 었다. 지금은 사랑받고 잘 지내지만 옛날에 두 번 파양당한 경험 때문인지, 처음엔 몹시 사나워 가족들이 힘들어했다는 얘기를 해줬다. 가야 언니는 구름이 얘기를 다 듣고는, 내게 고맙다고 여러 번 인사를 했다. 버려진 강아지를 데려와 키우는 데는 우리 들의 책임이 두루 있는 건데, 언니가 나를 붙들고 자꾸 고맙다고 하니 멋쩍었다. 가야 언니는 가끔 가게문을 열고 나와 비둘기 밥 까지 챙겨주는 사람이다. 이 넘치는 사랑이 다 보석과 식물들에 알알이 박히는 걸까?

요새도 일주일에 세 번은 〈가야〉 앞을 지난다. 늙은 개와 작은 보석들, 조용한 화초와 가야 언니가 있는 곳. 이제 늙은 개는 없지만.

미카야

서울시 마포구 서교동 446-59

집에서 2분 거리에 있는 카페 〈미카야〉는 조용히 책을 읽거나, 집중해서 일을 하고 싶을 때, 혹은 별일 안 하고 혼자 커피를 마시고 싶을 때 가는 카페다. 이곳에서 내가 좋아하는 세 가지는 진한 커피, 끝내주는 케이크, 주인의 음악 선곡이다.

이곳을 지배하는 분위기는 조용한 카리스마이다. 흰 머릿수건을 반듯이 두른 주인의 표정이 분위기를 완성한다. 고매하고, 깍듯하고, 차분한 표정. 메뉴판 첫 장에 카페 특성상 조용한 분위기를 지향하기 때문에 지나치게 시끄러운 손님은 받지 않는다고 쓰여 있다.

오늘의 미카야 세트를 시키면, 쟁반에 돌돌 말린 물티슈와 레몬수가 담겨 나온다. 그다음 진한 커피와 오늘의 케이크가 나오는데, 모든 케이크가 다 맛있다. 티라미수, 딸기타르트, 레어치즈, 뉴욕치즈 등 케이크 종류도 다양하다. 케이크만 따로 예약해서 사 가는 사람들도 많다. 한입 먹어보면 맛에 격이 있다는 것을 알 수 있다. 미각에 둔감한 나조차도 놀라게 하는 맛. 소문에 의하면 주인 언니가 일본에서 공부해왔다고 한다.

책을 읽거나 일을 하다, 좋은 노래가 나오면 주인 언니에게 물어보기도 한다. 그러면 흰 메모지에 정갈한 글씨로 가수와 제목을 적어서 가져다준다. 예의 그 단정한 표정을 지으며 건네는 메모지. 영화 〈카모메 식당〉의 카페 버전이 있다면, 〈미카야〉 같지 않을까.

산책자 소요

서울시 마포구 상수동 93-7

이곳은 아기자기한 공간 활용이 돋보이는 카페 〈소요〉다. 홍대 후문에서 가깝다. 카페 벽에는 "거리를 좋아하고 노천카페를 사랑한 플라뇌르Flâneur들, 천천히 거닐며 사색을 즐기는 도시의 산책자를 뜻합니다"라고 〈소요〉의 의미가 적혀 있다. 홍대 안을 거닐다 후문으로 나갔는데, 우연히 골목 한쪽에 숨어 있는 소요를 알게 됐다. 그야말로 '자유롭고 유유자적하게' 거닐다 발견한 카페다. 소요를 위한 소요!

벽에는 밀란 쿤데라의 사진과 크고 작은 그림들이 붙어 있고, 공간 곳곳에 책이 꽂혀 있거나 쌓여 있다. 소요 언니가 그림책을 좋아해 가끔 새로 나온 그림책을 구경하거나, 함께 책 이야기를 나누기도 한다(현재, 그녀는 시인으로 등단했다!). 소요 언니는 예전에 시를 공부하던 학생이었으며, 책 만드는 일도 했다고 한다. 계산대 옆 액자에는 언제나 시 한 편이 놓여 있다. 시는 한 달에 두 번 가량 바뀐다. 얼마 전 들렀을 때는 문태준의 시가 걸려 있었다. 매번 바뀌어 걸리는 시를 보는 재미가 쏠쏠하다.

소요 언니는 가끔 청포도주스나, 미숫가루, 오미자시럽을 넣은 요거트를 맛보라고 건네기도 한다. 어느 날은 내가 작은 빵

몇 개를 사 갔는데, 굳이 나눠 먹자고 접시에 반을 내왔다. 못 말리는 성미다.

산책길에 들러 잠깐 쉬다가, 다시 길을 나서기 좋은 곳. 산책길에 숨어 있는 오두막 같은 곳. 그곳에서 날마다 커피가 끓고, 생과일이 갈리고, 얼음이 쟁강쟁강 소리를 내고, 다양한 사람들이 드나들며 시도 한번 스윽 읽어보겠지 생각하면, 참 좋다!

홍대밀방

서울시 마포구 동교동 198-13

나는 콩이 들어간 음식은 다 좋아한다. 두부나 콩비지찌개, 콩국수, 콩나물국밥(이건 아닌가). 그중 여름에 많이 찾게 되는 것은 단연 콩국수! 〈밀방〉은 아는 사람은 다 아는 집이다. 이름에서 예상할 수 있듯이 '밀가루'로 만든 음식을 판다. 그냥 밀가루가 아니다. 벽에 이런 글이 붙어 있다. "홍대 밀방에서는 사제 면을 절대 사용하지 않습니다. 쌀밀가루를 사용하여 18시간 동안 숙성시킨 반죽으로 즉석에서 면을 뽑기 때문에 면발이 부들부들하고 쫄깃한 것이 특징입니다." 부들부들, 쫄깃쫄깃이라니! 들깨칼국수, 수제비, 콩국수가 유명한데 셋 다 우열을 가릴 수 없을 만큼 맛있다. 들깨칼국수는 영양 만점인 들깨가 듬뿍 들어갔고, 수제비는 해물로 국물을 내서 시원하고 칼칼하다. 콩국수는 말이 필요 없다. 그 진한 국물! 이거야말로 수제 두유다. 이곳에서는 콩국수 마니아들을 위해 사계절 내내 콩국수를 판다. 겨울에도 목도리와 장갑을 벗어놓고, 차갑고 진한 콩국수를 먹을 수 있다. 마땅히 먹을 게 떠오르지 않을 때나 쫄깃한 면이 먹고 싶을 때 찾아가면 좋다. 나는 종종 친구와 둘이 가서 콩국수 하나, 수제 찐만두 하나를 시켜 나눠 먹는다.

한번은 동네에서 알게 된 친구가 맛집을 데려가겠다고 나를 이끌었는데, 이곳으로 데려오는 게 아닌가? 테이블에 숟가락, 젓가락을 놓으며 외쳤다. 여기 제 단골이거든요!

레이식당 來喜食堂

서울시 마포구 서교동 461-8

'인생' 하고 발음하는 순간, 팥은 조금 있고 찹쌀만 한가득인 찹쌀떡을 물고 있는 기분이 든다. 컥컥, 목이 메는 단어. 그런데 '인생 식당' 하는 순간 얘기가 달라진다. 이제 곧 배 속으로 김이 나는 국물이 들어오고, 막 조리해 나온 음식으로 가득찬 상 앞에 앉는 순간이 떠오른다. 인생에 식당을 더하면 '생활' 아니겠는가.

내겐 인생 식당이라고 부를 만한 장소가 없는지도 모르겠다. 나는 미식가도 아니고, 맛있는 음식을 찾아 먼 거리를 달려가는 사람도 아니다. 맛집이라도 10분 이상 기다려야 한다면 다른 식당을 찾아가는 편이다. '먹방' 프로그램을 5분 이상 본 적 없고, 〈수요미식회〉를 챙겨 본 적도 없다. 음식이 나를 찾아오는 것이지, 내가 찾아갈 대상은 아니라고 믿었다. 게다가 나는 싱거운 애송이였다. 어려서부터 싱거운 음식만 좋아했으니까. 어떤 음식은 내 혀를 위로하려고 '안착'하는 듯했지만, 어떤 음식은 혀 위로 쳐들어와 방방 뛰는 것 같았다. 짜고 매운 음식은 나를 괴롭히려고, 입속 점막의 가장 연약한 곳을 쑤시고 비비고 날뛰었다. 짜고 매운 반찬이 나온 날에는 그것을 외면하고 오직 게맛살 한 줄과 밥을 먹었다. '순하고 깊은' 맛이 나는 게 최고라고 생각했다. 지금은 매운 음식도 잘 먹지만 내 혀는 여전히 순한 음식을 좋아한다.

서교동 〈레이식당〉은 혼자서 자주 가던 식당이다. 혼자 자주 갔다는 것은 평범한 날에도 즐겨 찾은 식당이라는 뜻이다. 상호를 보면 '기쁨이 오는' 식당이라고 해석할 수 있겠다. 손님을 기쁨으로 보는 걸까? 아니면 기쁨을 주는 손님이 온다는 걸까? 곰곰 생각해보며 밥을 먹었다. '일본식 가정식'을 주로 하는데 부타노가쿠니(소스에 졸인 삼겹살찜), 명란크림파스타, 수제함박스테이크 정식, 연어구이 정식 등이 맛있다. 1인용 쟁반에 메인 요리와 밥, 샐러드, 피클 등이 담겨 나오는데 간이 세지 않고 맛있으며, 보기에도 좋다. 평일 점심에는 특별 런치를 적당한 가격에 팔고, 후식으로 작은 종이컵에 커피를 담아 제공한다. 이따금 수제맥주를 곁들여 저녁을 먹고, 동네를 한 바퀴 돌아 집으로 돌아가기도 했다. 한동안 〈레이식당〉은 나만 알고 싶은 밥집이었다가, 찾아오는 손님과 부담 없이 들어가 먹을 수 있는 동네 식당이 되었고, 파주로 이사한 뒤에는 서울에 나갈 때 가끔 들르는, '아끼는 식당'이 되었다.

재미있는 일이 있었다. 어느 날 한 여성분에게서 SNS로 메시지를 받았다. 내용은 이렇다.

서점에서 산문집 『소란』을 샀다. 내 이름과 본인의 아버지 성함이 같아 흥미를 느껴 책을 구입했고, 책을 읽다보니 마음에 들어 저자를 검색해보았다. 그런데 내 얼굴을 보니 자기 식당에서 보았던 손님 같더라. 확실하진 않지만, 우리 식당에 왔던 당신이 그 작가가 맞느냐, 이런 이야기다.

물론 그 식당은 〈레이식당〉이고, 나는 그 손님! 맞다! 나는 〈레이식당〉을 좋아한다고 말하고 반갑게 인사를 나누었다(SNS 메시지로). 신기했다. 혼자 밥을 먹는 순간을 그녀에게 들킨 것 같아 부끄럽기도 하지만, 인연이란 생각이 들었다. 그녀는 지금 제주도 평대리에 〈레이식당〉 분점을 냈다고 했다. 남편과 둘이서 "부부가 운영하는 원테이블 작은 공간"을 제주와 서울을 오가며 운영한다. 언제 제주도에 가면 들르고 싶다. 당신이 손님으로 온 내 얼굴을 혼자 지켜봤던 것처럼, 나 역시 음식을 만드는 당신 얼굴을 몰래 보고 싶다. 그러고는 처음 뵙겠습니다, 웃으며 인사해야겠다.

알코올중독자를 위한 변명

당신이 기다리는 건 밤.

당신이 기다리는 건 밤과 밤과 밤, 속의 밤.

밤 다음의 밤.

당신을 숨겨줄 치맛자락. 얼굴이 지워지는 것. 따뜻해지는 것.
맑어지는 것.

존재를 희석해 사라지는 것.

당신은 오랜 시간 세상에게 핍박받았으므로(그 반대도 성립되
지만), 언제나, 희망을 노래하고 있는 중에도, 햇볕 한가운데를 걸

어가고 있는 중에도 염두에 두고 있다. 인생은 낙락樂樂하지 않다고.

당신은 늘 술래였다. 항상 뭔가를 찾아내야 했다. 초조한 마음으로 동동거리며 저녁이 내려오는 것을 지켜봐야 했다. 슬픔을 밥처럼 먹은 건 당신이었다. 뭔가에 중독되는 일, 그건 도망자의 특성이다. 당신은 도주하기 위해 전깃줄을 타고 휙휙, 날아다녔다. 정신만이. 정신만 날았다. 당신은 늘 분석하고 감정한다. 감정感情이 아니라 감정鑑定이다. 당신은 시인의 일을 흉내낸다. 펜을 가장한 메스를 든 사람. 이해할 수 없는 것들을 해부하고 재배열하다 날 저무는 창문가에 서서 시드는 사람. 해보다 먼저, 시드는 사람. 당신은 겁쟁이 의사다. 무엇도 바로잡을 수 없고, 도려낼 수 없으면서 세상을 수술실로 만드는 사람.

주정뱅이로 태어나는 자는 없다. 거지로 태어나는 자가 없듯이. 태어나는 사람은 모두 새 거였다. 새 거. 뜯긴 적 없는 것.

주정뱅이가 되거나 거지가 되는 것. 그것은 당신의 문제만은 아니다. 모든 문제는 스스로에게서 비롯되지만 우리는 당신을 위해 무얼 했나? 당신 주변에 있는 자들은 당신이 주정뱅이가 될 때까지, 무엇을 했을까? 이렇게 쓰자, 내 배 속에 있는 가장 개인주의적인 '나'가 일어서서 이렇게 말한다. 잘못 말하고 있어. 잘못을 타자에게 전가시키면 마음이 편해지기라도 해? 합리화하지 마. 그러면 가장 이타적인 자아가 눈을 똑바로 뜨고 대꾸하지. 오, 그래! 너 잘났다. 그렇지만 어떤 꽃이 태어나자마자 꺾였다고 하자. 그것은 똑바로 서 있지 못한 꽃의 책임인 동시에 너무 강하게 불었을지 모르는 바람, 필요 이상 강렬했을지 모르는 태양, 마침 그곳을 지나가다 꽃에 부딪혔을지 모르는 아기— 오! 무구한 아기들 때문일지도 몰라. 누군가 죽는다면 그건 태어나는 자가 있기 때문이지. 누군가 울고 있다면, 어디선가 웃고 있는 사람이 있기 때문일지 모르고. 누군가 아프다면 아프지 않은 사람 때문일 수도 있다고.

세계는 서로 너무나 깊이, 연루되어 있다.

오롯이 혼자의 탓으로 잘못되거나 혼자의 덕으로 잘되는 일이란 없을지 모른다고. 날아가는 나비가 말한다.

나는 하루에 6시간 30분을 꼬박, 무언가를 이해하는 데 쓴다. 이해가 가능하지 않더라도, 시간을 들인다. 그게 직업이기 때문이다. 오늘은 딱 하루만, 옛날 아버지를 다시 만난다면, 이렇게 말해주고 싶다는 결론에 다다랐다. 소용없을지 모르지만.

아빠.

언젠가 바지를 추키며 허리띠를 매다 이렇게 말한 적 있지?

"내가 어쩌다 이렇게 됐지?"

고개를 갸웃거리며 반복해 말했잖아. 당신이 어쩌다가 이렇게
됐는지 모르겠다고. 나는 옆에서 안 들리는 척했지만.

그날의 풍경이 자주 떠올라. 모르겠다는 표정으로 허리춤을
잡고 있는 당신 모습. 밤에 눈을 감으면 내 발목 근처를 휘감고
서성이는 것 같아. 의아해하는 당신 얼굴이.

어쩌다……라니. 모르지.

누가 알겠어요?

그런데 말이지. 모두 당신 책임만은 아니야. 세상에 어쩌지
못하는 일도 있다는 것 알아. 안 그래야지, 하는데 그렇게 되는
일들.

오랜 시간 사랑했으면서, 악을 쓰며 미워도 한 것. 그거 미안해
요. 당신 인생인데 내 인생인 것처럼, 멈춰 세우고 길을 바꾸라
고 악을 쓴 것도 미안. 당신이 숨겨놓은 술병을 찾아내 거짓말쟁
이라고 비난하며, 싱크대에 쏟아부은 일도.

지나고 나니 미안하네. 부질없기도 하고. 쓸쓸하기도 하지.

당신 인생인데 내가 함부로 화를 냈어. 가족이 이렇다니까.

거리에 자동차들이 흐르고, 그게 굴러가는 모자들이라고 믿는 사람도 있는데 말이지.

나는 이제야 알코올중독자들의 마음을, 그들의 울렁이는 하루 하루를,

천천히 죽음으로 헤엄쳐가는 은밀한 능동성을,

그럴 수밖에 없음을 알 것 같아. 조금.

태양을 향해 뻗어가는 식물이 있다면, 한사코 태양을 피해서 자라는 식물도 있는데.

그늘에서 번성하는 것은 무엇일까.

세상을 향한 당신의 사랑이 그랬을지도 모르지.

다 쓴 마음

새해 인사

별일 없는데 쓸쓸한 것을 보니, 한 해가 가긴 가려나 봅니다. 매년 연말이면 모가지를 안으로 들여놓은 거북이처럼 시무룩해집니다. 잘한 일 몇 가지와 잘못한 일 몇 가지를 저울질해보면서요. 이 글을 쓰는 시점에서, 새해가 되려면 며칠 남았지만 마음은 새해에 걸어두고 편지를 씁니다.

오늘 저는 아침 일찍 라디오 방송국에 다녀왔어요. 점심엔 한 편집자와 밥을 먹으며 일 애기를 했습니다. 오후엔 파주로 넘어와 다른 편집자를 만나 출간될 책 디자인을 상의했어요. 집에 오니 피로가 혹 몰려오더군요. 침대에 누워 30분 정도 낮잠을 잤습니다. 일어나보니 연락이 뜸했던 친구에게서 부재중 전화가 두 통 와 있더군요. 스마트폰을 들여다보기만 하고, 전화하지 않았습니다. 다른 친구에게 문자도 와 있었어요. 자기가 뭔가 잘못한 게 있는지 묻더군요. "무슨 소리야? 그런 게 뭐가 있겠어?"라고 답장을 보냈습니다. 우리 사이에 저만 알고 나는 모르는 '작은 균열'이 있었나? 혼자 생각해봤습니다. 고개를 돌리니 창문 앞으로 바짝, 저녁이 다가와 있었습니다. 뉴스에서는 중국을 방문 중인 대통령이 홀대받고 있다는 소식이 들려왔습니다. 부엌으로 가서 멸치 육수를 냈습니다. 야채를 씻고, 소고기를 꺼내 샤브샤브를 준비했어요. 남편과 둘이 앉아 밥을 먹었습니다. 저녁이 이미, 식탁 아래까지 차올랐습니다. 사소한 문제로 둘이 티격을 벌이느라 밥맛이 없었습니다. 식탁에서 일어나 그릇을 치웠습니다. 아무렇지 않은 척 책상에 앉았어요. 슬프지 않더군요. 슬픔보다 조금 더 묽은 감정이 마음 바깥을 서성이는 것 같았어요. 선뜻 들어오지도 못하고. 음악을 들으며 써야 할 원고를 뒤적이는데 후드득, 눈물이 떨어졌습니다. 눈물이 다 쓴 나뭇잎처럼, 떨어졌어요. 무슨 일일까요? 당신은 혹시 이유를 아시나요? 해는 새것인데 마음은 아직 헌 거라 뒤척이나 봅니다. 새것 앞에서 신나기보단 주눅들 때, 옛 일기장을 들춰봅니다. 많이 내다버렸지만, 채 못버린 일기장이 좀 있거든요. 그중 2012년 1월 11일 일기 앞에서, 오래 멈춰 있게 되었어요. 6년 전, 제가 이런 장면을 보았더군요.

"지하철 계단 아래서 중년의 사내가 무릎을 꿇고, 등허리를 둥글게 말고 앉아 뭔가를 하고 있었다. 하도 정성을 들이길래 걸음을 멈추고 들여다보았다. 그는 한 겹, 한 겹, 간격을 일정하게 맞추어 신문지를 바닥에 깔고 있었다. 세상에서 가장 중요한 일이라도 하듯, 손끝으로 가만가만 잠자리를 만들었다. 한쪽에선 머리끝까지 외투를 끌어올린 남자가 잠들어 있었다. 정갈하게 깔려 있는 신문지와 조용히 움직이는 남자의 손. 나는 걸을 수도 멈출 수도 없어, 허둥대며 겨우 지나쳐 왔다."

다 쓴 마음도 걸어두고 들여다보면, 때때로 괜찮습니다. 자주는 아니지만 옛 일기를 들춰보는 이유죠. 오늘 저녁에 잠시 슬펐던 이유는 그때 신문지를 접던 그 남자의 손, 손 때문이라고 우겨봅니다.

이번 새해에 제 소원은 '도도해지기'입니다. 싫은 일은 하지 않고, 좋아하는 일만 하는 삶을 꿈꿉니다. 물론 실패할 거예요. 아마도 싫은 일을 좋아하는 일보다 조금 더 많이 하겠죠. 누군가를 사랑하느라 약점투성이가 될 거예요. 사랑의 약점은 약점이 많아진다는 거니까요. 저 혼자서 짓고, 자주 중얼거려보는 주문이 있습니다. "옛날에 살았던 귀신은 아름다워라, 옛날에 움직이던 손은 아름다워라." 오늘도 저는 이 주문을 일없이 중얼거려봅니다. 지금 이 순간에도 우리 주변을 떠도는 슬픔들에 의연해지려 합니다. 지나간 것은 늘, 다시 오니까요.

2017년 끝자락, 파주에서.

悲 情 城 市
'비정성시'에서 벌어진 일들

어쩌다보니 스물다섯, 꽃다운 나이에 시인이 되었다. 2004년 가을이었다. 그해에도 현직 대통령의 탄핵이 가결되었다. 누군 가는 공무원 노조 활동으로 구속당하고, 보아의 〈My Name〉과 비의 〈It's Raining〉이 발매된 해이기도 하다. 그해에도 튤립은 붉은 꽃을 피우고 가을 단풍을 보려는 인파는 내장산에 몰렸다.

그 시절 나는 밤낮으로 시쓰기에 매진했으니, 개인적으로 닥 친 백스무 가지의 불행들은 견딜 만했다. 시에 대한 내 정염(진 정, 정염이었다)에 소소한 불행들은 불타 사라졌다. 불행의 재를 찍어 시를 쓰던 시간들은 즐거웠다. 사실로 말하자면, 나는 이토록 '공평무사한 세계'에 입성한 것에 감탄했다. 두세 달마다 연습장을 갈아치우며 시를 썼더니 (까다롭게 굴지 않으시고!) 등단의 문이 열렸고, 청탁이 오지 않아 절망해본 기억도 없으니 당연했다. 여러 이유로 지난한 시간을 겪은 선후배 시인들에 비한다면 나는 얼마나 운이 좋았던가.

첫 시집이 나올 무렵까지도 내겐 문단 친구가 한 명도 없었다. 밥벌이를 하느라 바빠 술자리에 나가는 경우도 드물고, 또래 문인을 사귈 기회도 없었다. 그런데도 피할 수 없는 것이 있었는데, 함부로 쏟아진 '총알들'이었다. 여성이고 어리다는 이유만으로 '나'를 겨냥해 쏟아진 총알들! 어떤 남자들에게 '어린 여성'은 사람이 아닌 '사냥감'이라는 것을 그땐 몰랐다. 누군가는 관심의 총알이라고 했고, 누군가는 예로부터 '원래' 난무하던 총알이니 신경쓰지 말라고 했다. 혹은 남자는 구조적으로 '쏠 수밖에 없게' 생겨먹은 존재라며, 진화생물학적으로 설명하는 분도 있었다. 대개는 개들이 쏘았지만, 더러는 멀쩡한 양반들이 놀이 삼아 쏘아대기도 했다. 거참, 그 총알, 말 많고 탈 많은 총알!

이십대 때는 이렇게 쏟아지는 총알 세례가 옳은 건지 옳지 않은 건지, 위협인지, 장난인지조차 가늠할 수가 없었다. 자랑은 아니지만, 나는 '백치 아다다'처럼 어리숙하고 순진했기 때문이다. 또한 나는 '공평무사한 세계'에 대한 깊은 믿음이 있었다. 이런 세계에 나쁜 인간이 있을 리 없다고 굳게 믿은 것이다. 어리석은 자의 신실한 믿음을 굽어 살펴주소서!

돌이켜보면 첫걸음마 때부터 총알 세례는 시작됐다. 시내 한가운데인 프레스센터에서 열린 신인상시상식 때(미당문학상과 황순원문학상 시상식이 동시에 열렸다) 지금은 고인이 된 박 모 시인이 전화번호를 자꾸 달라고 보챌 때도, 나는 공손하게 허리를 굽혀 적어드렸다. 그 나이든 시인이 자꾸 전화를 해서 '혼자서만' 자기한테 오라고 하길래, 스승께 여쭤봤더니 "그 시인은 아픈 사람"이니 절대로 가지 말라고 이르셨다. 나는 그의 전화를 받지 않았지만 '어른의 전화'를 무시한 것에 대해 동양적 예의를 저버렸다는 일말의 죄책감을 가졌다. 나쁜 의도가 아닐 수도 있지 않겠는가. 또 어떤 시인 중 하나는, 내가 초청받은 어느 지방대학 강연 뒤 자기집에 가자고 내 의사와 상관없이 강제로 잡아끄는 걸 거절했다가(한밤중, 낯선 도시의 거리에서 15분가량 대치하고, '미친 여자'처럼 소지품을 길거리에 내던지며 악을 쓴 후에야 겨우 벗어날 수 있었다) 그날 새벽 수십 통의 온갖 '쌍욕'으로 점철된 문자메시지를 받아야 했다. 욕으로 수놓인 수십 통의 문자들은 아무 잘못도 없이 내가 당한 '총질'이었다. 단지 어깨를 나란히 하고, 룰루랄라 당신의 집에 동행하지 않았다는 이유만으로 나는 총알 세례를 받았다. 그 새벽 침대에 앉아 귓구멍을 후비며 왜 귀가 안 들리지, 왜 귀가 먹먹하지, 하며 스스로를 자책했다. 그때 나는 쇼크 상태여서 잠시 귀가 안 들렸던 것이다. 나는 쇼크를 겪고 트라우마가 생겼다. 누가 '문자'로 안 좋은 메시지를 전하는 것을 못 견디게 되었다. 문자로 나를 비난하는 메시지가 오면 심장이 빨리 뛰고, 귀가 먹먹해진다. 이밖에도 여러 자리에서 잘못 겨눠진 총알을 수도 없이 받았지만 놀랍게도 '나이가 드니' 그런 일이 점점 드물어졌다. 어쨌든 그것은 이십대 젊은 여성에게 더 많이, 더 집요하게, 겨눠지는 총알이니까.

또하나. 일부 남자 시인들은 여성이 총을 쏘는 것을 못 견뎌한다. 그게 시로 나올 때 거부반응은 격렬하다. 내 등단작 「얼음을 주세요」를 두고 누군가는 "충격을 주는 시"라고 썼고, "왜 야하게 썼느냐"고 조롱하기도 했으며, (바로 얼마 전 일인데) "그거 매춘부 얘기 아니냐?"고 물어온 사람도 있었다. 더구나 "원조교제와 성폭행을 경험한 화자"라고 과잉 해석한 평을 봤을 때는 실소를 하고 말았다. 해석은 자유라지만, 그 시의 어떤 점이 그런 해석을 가능하게 했는지 이해하긴 힘들었다. 나는 단지 성장통을 겪는 젊은 여성의 심리, 성인 세계에 입성한 미숙한 자아가 겪는 일종의 '통과의례'에 관해 썼을 뿐인데 말이다. 요즘도 가끔 "시가 야하다"는 총알을 받는다. 상관 안 한다. 그들은 비너스 상이나 다비드상 앞에서도 야하다고 몸을 배배 꼴 사람들이니까. 그저 "19금 시죠"라고 웃어넘긴다.

편견으로 꽉 찬 '일부' 남자 시인들 중 몇이 김언희, 김민정 시인 같은 '여성시'를 향해 아름답지 않고 문란하다고, "이게 시냐"고 비난을 해대는 경우도 종종 봤다. 대관절 그들을 불편하게 만드는 것이 무엇일까? 아름답지 않아서? '감히' 여성의 언변이 문란해서? 읽는 이를 불편하게 만들어서? 불편하게 만들면 안 되는 걸까? 진실은 편한 데에 있지 않다는 것을 그들은 모르는 걸까? 이 지면을 빌려 '그 일부 남자 시인'들께 말하고 싶다. 김민정 시인이 정곡을 찌른 "문란하지 않으면 가족은 탄생할 수 없다"는 구절을 새겨보시라고. 남성들이 여성의 신체를 '성적 대상'으로 한정해 마구 가져다 쓰는 것은 본성의 일이고, 여성들이 성을 까발리고 상처 입은 '과정'을 뒤집어 파헤쳐 보이는 것은 천박한 짓인지, 시가 채 못 되는 '혐오스러운' 일인지, 시가 무엇인지를.

시는 아름다운 것만이 아니다. '가짜'를 다 버리고 '진짜'만을 벼르고 벼려 쓰는 게 시라면, 불편하더라도, 시를 시 자체로 견디어줄 필요가 있다. 이 땅의 여성들이 모르고, 혹은 알아도 어금니를 깨물고 그 무수한 총알 세례를 견디었듯이. 그러나 시를 견디는 것은 능사가 아닐지 모른다. 견디기보다는 그대로 '존중'해주었으면 좋겠다.

어쨌든 총구를 어디를 향해 겨눠야 할지 모르는 무법한 총들이 '시단'에 이토록 많다는 사실은 유감이다. 최근 문단에 불거진 이 민망하고 추악한 사태가 말해주듯 잘못 겨눠진 총구, 추악한 자의 손에 들린 총은 불행한 사태를 빚는다. 시와 삶을 일치시킬 순 없다 해도, 사람으로서 다른 사람을 대할 때 어떤 태도를 취해야 하는가를 생각한다면, 시인이라는 미명 아래 함부로 총질을 해대는 허접한 짓은 감히 할 수 없으리라.

이 시대에 '진짜 어른', '진짜 시인'이 얼마나 귀한지, 얼마나 고픈지 모르겠다.

이게 최선이라면

"마슐랭 있잖아. 별 다섯 개씩 받는다는 데. 그런데 데려가줄 순 없어?"

"마슐랭 아니고, 미슐랭이야. 최고점이 별 세 개."

삼계탕 국물을 후루룩 마시며 남편이 지적한다. 얄미운 게, 하늘을 찌른다.

"그래 미슐랭. 나도 알아. 지금 그게 중요해?"

말실수한 게 멋쩍었지만 짐짓, 아무렇지도 않은 척한다. 내 생일인데 남편은 삼계탕집에 데려왔다. 삼계탕이 뭐람. 하긴 이 사람은 연애할 때도, 크리스마스이브에 떡국집 데려간 사람이다.

눈 내리는 크리스마스에 흰 눈 같은 떡국을 쩝쩝 씹어먹었지. 어쨌든 능이버섯이 들어간 삼계탕은 맛있었다.

집에 돌아와 남편과 텔레비전을 본다. 우리가 늘 엉망이라고 욕하면서도 보게 되는 드라마를 틀어놓고(욕하는 재미로 보나?) 시시덕거린다. 창밖을 보니 저녁이 가고 밤이 내리고 있다. 이때즘 괜히 쓸쓸하다. 어깨가 굳은 남편을 소파 아래 앉게 하고, 나는 소파에 앉아 어깨를 주무른다. 돌이 더 말랑하겠네, 핀잔을 주면서 남편의 뒷목과 어깨를 지압한다.

"당신, 이게 최선이야?" 슬쩍 물으니 영문을 모르는 당신. 아니, 누군가에게 자상해지는 일, 이게 최선이냐고. 다시 묻는다.

"이게 최선이야. 정말." 텔레비전에 시선을 고정한 채 천천히 답하는 당신. 뒷모습, 그것도 위에 앉아서 당신의 뒷모습을 바라보고 있자니 별안간 짠해진다. 그렇구나. 지금으로선 이게 당신의 최선이구나. 그 생각은 한 번도 하지 못했다. 내겐 부족하지만 그에겐 최선인 상태가 있을 텐데, 몰랐다. 기준이 늘 나였기 때문이다. 그는 자신이 옛날에 어떤 사람이었는지, 얼마나 무뚝뚝했는지, 표현을 몰랐는지, 사랑하는 이들에게 형편없었는지 심드렁히 고백하고 구부정하게 앉아 있다. 왠지 가엾기까지 하다.

"당신이 그런 사람이었다니, 나 결혼 잘못했나봐." 말하고는 숨을 고르며 생각해본다. 그런데 그게 아니다. 저 사람은 지금,

이 상태가 '최선'이니까(마음엔 안 들어도), 나는 그의 '최선인 상태'를 보며 살고 있는 게 아닌가!

"아냐, 결혼 잘했나봐. 그러니까 내가 당신의 최선을 이끌어냈잖아? 나 행운이네."

우리는 웃는다. 서로 그건 그래, 말하며.

부족하다. 물론 부족하다. 그의 행동이 흡족함을 끌어내진 않는다. 내게는 모자라고, 못마땅한 부분도 보이지만 어느 부부가 모든 것에 '만족'을 느끼며 살까. 본래 저이의 모습, 생김을 헤아려보니, 그도 나름대로 애쓰고 있다는 게 비로소 보인다.

생각을 달리 해야 부부는 살 수 있다. 서로를 미워하지 않을 수 있다.

"그러니까 나로선 힘들게 하고 있어. 이건 내 원래 생김이 아니거든."

당신이 말하고, 나는 웃는다. 내 속마음을 읽은 걸까. 그래도 진정 이게 최선이란 말입니까, 장난치지만. 조금 서늘해지는 데가 있다.

사랑이 뭘까. 내가 원하는 만큼, 당신이 해주는 걸까? 내게 맞춰달라고 우기는 게 사랑은 아닐 거야. 당신도 마찬가지. 내가 할 수 없는 부분을 해내라고 우기면 안 될 테지. 서로의 생김을 그대로 인정하고, 그 지점에서 '최선'을 이끌어내는 것. 능력의 최선이 아니라 상태의 최선을. 그게 중요하리라. 골똘해져 있는 내게 그가 기어코 한마디 덧붙여 매를 번다.

"이제 알겠어? 학의 다리가 길다고 자르지 말라고!"

나는 재빨리 그의 입을 틀어막는다.

"당신은 학이 아니잖아! 그리고 생일선물은 생각나면 말할 거니까, 꼭 줘야 해."

고개를 끄덕이는 남편. 그러고 보니 저이도 순해졌다. 나이들어서일까? 순해지는 게 좋기도 하지만 종종 슬프다.

비교하면 끝장이다. 사자처럼 멋진 갈기가 없다고, 토끼처럼 보송보송한 털이 없다고, 기린처럼 긴 목이 없다고. 당신은 긴 다리를 믿는 학이고, 나는 당신이 학이 아니라고 믿는 칼이니. 서로 잘 지내려면 학도 사라지고 칼도 사라진 채 그대로, 두어야 겠네.

5부

믿지 않으면,
좀처럼
읽을 수 없는 책

게으름 한 점 없이 한 달이 걸렸다

존 버거는 내 '비상 양식'이다. 영혼이 추레해졌을 때 그의 글을 읽으면 좋아진다. 발끝부터 서서히 맑아지는 기분이 든다. 시, 소설, 그림, 에세이, 미술평론, 사회문화, 정치이론 등 다양한 분야에서 글쓰기를 펼친 존 버거는 '놀랍게도' 그 모든 것에서 빛났다. 존 버거만큼 제대로 '보고 듣고 말하고 그리고 쓰고 행동한' 작가는 드물다. 이 여섯 박자가 딱 맞아떨어지기는 얼마나 어려운가? 특히 '행동(실천)'은 제아무리 명석한 지식인이라도

존 버거, 『결혼을 향하여』, 이윤기 역, 해냄

제대로 해내기 어려운 영역이다. 그에게 생각은 행동의 다른 말인 것처럼 보인다.

자신을 작가이기보단 '이야기꾼'이라고 칭한 존 버거. 작가와 이야기꾼은 어떻게 다른가? 작가에겐 (어찌할 수 없이) 위엄이 서리지만 이야기꾼에겐 위엄이 없다. 그 대신 만만함과 신명이 깃든다. 작가는 글을 쓰지만 이야기꾼은 말을 풀어낸다. 글을 쓰는 것과 말을 쓰는 것 중에 무엇이 더 훌륭한가, 따지는 건 의미 없다. 다를 뿐이다. 작가와 독자 사이엔 '책'이라는 매개가 있지만 이야기꾼과 (독자라기보단) 듣는 사람 사이엔 '호흡'이 전부다. 말을 전하고 말을 듣는 자의 거리, 입과 귀 사이의 거리, 둘 사이의 심정적 거리가 짧다. 존 버거는 위엄을 벗고 말하는 특유의 방식으로 '위엄'을 얻은 작가다. 그는 지적이면서 따뜻하다. 나는 지적이며 동시에 따뜻한 사람을 거의 본 적이 없다. 이제 소설 이야기를 하자.

모든 사랑은 먹어보기 이전엔 똥인지 된장인지 구분할 수 없다. 가끔은 먹고 난 후에도 구분이 어렵고, 똥인 줄 알면서 꾸역꾸역 먹을 때도 있다. 웬 똥 이야기냐고? 존 버거의 『결혼을 향하여』란 장편소설을 이야기하기 위해서다. 여기 '끝에서부터 사랑을 시작'하는 자들이 있다. 물론 모든 사랑은 시작과 동시에 끝을 향해 간다. 모든 탄생이 시작과 동시에 죽음을 향해 가듯이. 이들은 금을 밟고 '탈락'이란 소리를 들으며, 사랑을 시작한다.

이탈리아 청년 지노는 후천면역결핍증에이즈에 걸린 프랑스 여자 니농과 결혼하려 한다. 이 책은 그들이 '결혼을 향하여' 가는 과정을 그리고 있다. 이렇게 두 문장으로 정리하고 나니 가난해진 기분이다. 세상에 널린 '지난한 사랑' 얘기 아니냐고, 거기에 자극적인 소재를 덧붙인 거 아니냐고? 이 책은 좀 다르다. 사랑을 향해 가는 연인과 그들 너머까지를 그린다. 그들의 안과 밖, 주변, 사랑이 번지는 영역이라면 어디든 아우른다. 시작부터 끝까지, 이 책은 여러 사람의 '말'로 이루어져 있다. 지노와 니농, 그들의 아버지와 어머니, 주변 친구들, 타마(부적의 일종)를 파는 장님, 그리고 때로는 누군지 종잡을 수 없는 사람의 시선으로 이야기가 흐른다.

처음 이 소설을 잡았을 땐 열 페이지 정도 읽다 덮어두었다. 입구로 들어왔는데 혼란스러워서 다시 나갔다. 몇 달이 흘러 다시 이 책을 잡았을 때, 비로소 책 속으로 들어갈 수 있었다. 독특한 템포와 형식, 수시로 바뀌는 화자들의 목소리에 적응했고 천천히 즐길 수 있었다. 어릴 때 가지고 놀던 장난감 카메라 같은 책이다. 눈을 고정한 채 셔터를 누르면 '딸각' 소리와 함께 바뀐 장면이 나오는 장난감 카메라. 감아놓은 영화필름 사이를 걸어가는 기분이랄까?

독서 초반엔 더듬이를 뾰족이 세워야 했다(사실 끝까지 더듬이는 쉬지 못했다). 누가 말하고 있는지, 어떤 상황에서 이야기를 시작하는지 설명이 없었다. 화자를 따라가다보면 '이곳이 거기군. 이 사람이 그 사람이군. 지금 이런 상황에 놓여 있군. 알 수 있을 뿐이다. 독자는 더듬더듬 따라가 들여다보고, 짐작하고, 드디어 감정을 '얻어' 돌아오는 방식으로 책과 친해진다. 작가는 파편적으로 띄운 뗏목처럼, 흘러가는 이야기에 그냥 몸을 맡기고 따라오라고 한다. 믿지 않으면, 좀처럼 읽을 수 없는 책도 있다.

믿고 따라가니, 이 화술 방식은 사람 환장하게 만든다. 매력적이다! 장구한 이야기들은 깊은 물속에 잠긴 돌 같아서 한 곳에서 동동거리며 들어야 한다. 그런데 이 소설은 이야기를 '건져' 빨래처럼 널어놓고 사라지므로, 다음 장소로, 또 다음 장소로 독자가 따라가야 한다. 나는 일부러 그런 것은 아니지만 이 책을 한 달 동안이나 읽었다. 같이 사는 사람이 "아직도 그 책을 읽어?"라고 말하며, 고개를 흔들 정도로 느리게 일독했다. 존 버거의 문체가 빨리 읽게 놔두질 않기도 하지만, 인물들과 같이 느리게 걸어갔다.

한 달 동안, 나는 샤워를 하면서, 설거지를 하면서, 친구를 만나러 가는 길에도 이 이야기를 생각했다. 몸에서 떨어지지 않았다. 어느 순간, 나는 그들의 결혼식에 초대받아 먼 길을 가고 있는 사람이 되었다. 빨리 걷는 게 두려워 다리를 끌면서 갔다. 지노와 니농, 주변 사람들의 슬픔과 두려움을 들여다보고, 앉아서 한참 듣느라 더 늦었다. 누군가의 묵직한 이야기를 듣고 난 후엔 빨리 자리를 뜰 수 없는 법이다. 듣는 일은 '최선을 다해 앉아 있는 일'이다.

독서를 끝내고야 작가가 책 제목을 왜 "결혼을 향하여"로 지었는지 깨달았다. 처음에는 너무 직접적인 제목, 내용을 다 드러내는 제목 아닌가 생각했다. 그런데 그야말로, 한 달 동안의 내 독서가 "결혼을 향하여" 가는 것이었단 생각이 들었다. 게으름 한 점 없이 한 달이 걸렸다!

니농도, 지노도, 그들의 부모도, 친구들도 니농이 병에 걸린 줄 몰랐다. 사랑이 우연에서 시작하듯, 죽음도 우연에서 시작한다. 대비할 수 없고, 이해할 수 없고, 받아들이기 힘들다는 점에서 이것은 우연이다. 니농 자신조차 몰랐던, 그 병의 입구는 '우연히 겪은 하룻밤' 일에 있었다. 해변에서 딱 한 번 관계를 맺고 감옥으로 끌려간 정치범이 그녀의 삶을 바꿔놓을 줄, 니농 자신도 몰랐다. 이는 독자도 모르긴 마찬가지! 니농의 병을 알게 된 후, 나는 혼란스러웠다. 그때 그 해변의 남자를 떠올렸다가, 소설에 나오지 않은 다른 관계가 있는 건지 추리했다가, 남자친구인 지노를 의심했다가, 어찌해야 할지 몰라 (니농처럼) 방황했다.

당황스러운 것은 병을 옮긴 그 남자와 사랑을 나눈, 해변에서의 장면이 정말 아름다웠다는 것이다. 옷을 벗어 단정히 접어놓고 바닷가를 달리는 젊은 남자. 공중제비를 돌며 자유롭게 뛰어다니던 남자. 바다 수영을 하고 한동안 물속에서 나오지 않아 니농의 가슴을 조마조마하게 만들었던 남자. 그때 니농은 이렇게 말했다.

밤바다에 나간 사내를 남겨놓고 돌아서보았는지? 그건 그렇게 간단한 일이 아니다.

물론이다. 그건 그렇게 간단한 일이 아니다. 그렇지 않겠는가? 밤과 바다와 남자가 무구하게 섞여 아름다웠으니……. 사랑은, 그게 단지 하룻밤의 사랑일지라도 '우연과 위험'을 감수하지 않으면 일어나지 않는다. 위험이 도사리고 있기 때문에 '아름다움'이 가능하다. 그녀는 그날 밤을 이런 말로 마무리지었다.

사랑을 나눈 직후에 내가 물었다. 파도 소리가 들려요?

그는 대답하지 않았다. 그는 그저, 쉬쉬쉬, 했을 뿐이다.

어떤 주홍글씨는 단 한 번의 잘못으로 찍힌다.

장발장처럼. 니농처럼. 한 번이 전부다.

지노의 아버지는 고철 쓰레기 더미 앞에 서 있다. 한평생 그가 해온 일이다. 그는 이런 말을 하며 그들의 결혼을 '겨우' 허락한다.

(전략) 너는 그 여자를 포기할 수 없다고 하는구나. 하고 싶지만 할 수 없다고 하는구나. 지노야, 그것조차도 쓰레기다. 너는 그 여자를 포기하고 싶지 않은 것이다. 포기할 수도 있다는 것을 저는 잘 알면서도 하고 싶지 않은 것이다. 그 여자는 너에게 떠나 달라고 여러 차례 말했다지. 네가 그 여자를 떠난대도 너에게 나쁘다고 말할 사람은 없을 게다. 너희들에게는 미래가 없다. 저기에 버려진 무수한 라디에이터에 미래가 없듯이 너희들에게도 미래가 없다.

(중략) 사랑이라는 것도 있다. 너의 경우 사랑은 텅스텐만큼이나 무겁구나. 너는 이 프랑스 여자에게 네가 가진 모든 것을 주고 싶어한다. 그러면 선별하거라. 너는 이 여자를 사랑한다. 여

자는 죽어가고 있다. 그런데 사실은 우리 모두가 죽어가고 있다. 여자는 곧 죽을 것이다. 그러니까 서둘러라. 너는 자식은 갖지 못한다. 그런 몹쓸 병을 다음 세대에 유산으로 남길 위험이 너무나 크기 때문이다. 옛사람들은 금속은 모두 지하에서, 수은이 유황과 짝을 지으면서 생긴 것이라고 믿었다. 지노, 너도 짝을 짓거라. 그 여자와 결혼하거라. 너는 여자와 결혼하는 것이지 바이러스와 결혼하는 것이 아니다. 고철은 쓰레기가 아니다. 지노야, 그 여자와 결혼하거라.

지노의 아버지의 말이 적힌 페이지를 다섯 번도 넘게 읽었다. 전염 가능한 불치병에 걸린 여자에게서 바이러스를 빼고 '여자'만 바라보는 사람, 고철 더미에서 혼돈(쓰레기)을 빼고 '고철' 본연의 모습을 보려 애쓰는 사람. 쓰레기는 쓰레기가 아니고 병은 병이 아니게 될 때까지, 그는 얼마나 자기 생각과 싸웠을까? 생각이 다른 생각이 되기까지, 아들을 이해하기 위해 애쓰는 것. 아들이 원하는 대로 생각을 끌고 가는 일이 사랑이 아니고 무엇인가? 결국 우리는 모두 죽어가고 있다는 점에서 같은 거라며, 수은과 유황이 짝을 짓듯 짝을 지어보라고 그는 말한다. 그의 사랑으로, 그의 아들은 유황이 되었다.

에이즈에 걸린 여자와 결혼을 결심하는 일이 어려운 까닭은 무엇인가? 미래가 없어서? 힘든 투병생활이 예견되어서? 전염될까봐? 모두 맞지만 가장 중요한 요인은 '공포' 때문일지 모른다. 다른 병과 달리 에이즈에 걸린 사람을 대하는 사람들의 눈빛은 이렇게 말한다.

이 여자, 걸렸군, 끔찍해⋯⋯. 끔찍함은 공포에서 오는데, 공포가 연민을 불러일으킬 수 있기는 하다.

어쩌면 사랑의 본질은 모든 공포를 밀어내고, 아니 끌어안고, 끌어안음으로써 이겨내는 데 있지 않을까?

눈을 감은 채로 니농은 쓰다듬고 있음으로써 공포를 이기려 하는 지노의 손길을 느낄 것이다.

나는 아직도 이들의 결혼식에서, 이들의 끝을 향한 사랑에서 빠져나오지 못했다. 빵집 문을 열면서, 빨래를 개면서, 길모퉁이를 돌면서 아직 나는, 그들 곁에 서 있다.

존 버거는 '슬픔에 빠져 우는 여자'에 대해 쓸 때도 한사코 다른 데서부터 시작한다 가령 어둑한 저녁 부엌 모퉁이에서부터 시작한다. 모퉁이에서 '슬픔의 씨앗'이 태어나는 순간부터 시작한다. 슬픔의 씨앗은 의자에 앉은 여자의 '무릎 주름'으로 간다. 슬픔이 기어간다. 그는 언제나 '다른 방식'으로 보고 말한다. "위를 바라보던 눈을 감고 아래로 더 아래로 눈을 돌릴 때 비로소 우리의 눈은 우리를 감싸고 있는 자연의 작은 생명체들을 볼 수 있는 것이다. 본다는 것은 바로 이런 것들을 껴안는 것을 의미한다"고 그가 이야기할 때, 나는 진심으로 놀란다. 그가 대상을 보는 것은 그것을 다르게 읽어내고 사랑으로 껴안는 행위다. 나는 줄곧 그의 이론서를 시론詩論으로, 소설을 세상을 향한 연서戀書로 읽어왔다. 그리고 확신에 차서 이런 당위에 다다른다.

'이 거지같은 세상에서, 우리가 이런 작가 하나는 가져도 되는 거 아닙니까?'

그가 없었다면, 나는 결코 지금만큼 세상을 긍정하지 못했을 것이다. 사랑을 내려놓고는, 그를 읽을 수도 생각할 수도 없다.

아, 인생은 조르바처럼!

2018년 여름을 베를린에서 보내는 중이다. 여행 준비의 묘미는 단연 여행지에서 읽을 책을 고르는 때! 고심 끝에 고른 다섯 권 중 한 권이 문학과지성사에서 새로 펴낸 『그리스인 조르바』다. 국내 최초 그리스어 원전 번역이라니, 카잔차키스의 문체를 좀더 가깝게 느낄 수 있으리라 기대했다. 거의 스무 해 전에 읽은 책이기에, 다시 만나는 조르바가 궁금하기도 했다. 카잔차키스는 서문에서 "이 글에는 추모의 모든 요소들이 들어 있다"고

니코스 카잔차키스, 『그리스인 조르바』, 유재원 역, 문학과지성사

밝혔는데, 나 또한 지금은 찾아보기 어려운 삶의 방식, '조르바처럼 사는 삶'을 추모하는 마음으로 책을 읽었다.

나는 베를린 미테 지구의 노천카페에서, 호텔 침대에서, 아이들이 물놀이하는 공원 벤치에서 이 책을 읽었다. 여름 저녁 카페에 앉아, 해 지는 풍경을 바라보며 책 읽는 순간은 특히 좋았다. 고개를 들 때마다 한 움큼씩 사라지는 빛의 무게여! 어쩌면 행복은 낯선 곳에서 스무 해 전 읽은 책을 다시 찾아 읽는 일일지 모르겠다고, 나는 생각했다. 알던 사람을 처음 만나는 사람인 듯, 다시 보는 일. 조르바는 행복을 편애하는 자가 아니라, 행복이 편애하는 자다. 불행은 쉽게 전염되지만 행복은 잘 전염되지 않는다. 행복은 능동적으로 찾아내고, 배워야 한다. '행복의 교본'이 있다면 나는 먼저 이 책을 떠올리리라.

카잔차키스는 조르바를 "가장 자유로운 외침이자 가장 열린 영혼과 튼튼한 육체를 지닌, 대식가이자 술고래이고 일벌레이며, 바람둥이 방랑자인 이 비범한 사람", "먹물들을 구원하는 데 필요한 모든 것"을 가진 인물이라고 말했다. 책을 읽는 동안 조르바는 내게도 다른 색깔로 몸을 바꾸며 나타났는데, 나는 그를 '평가'할 필요를 느끼지 못했다. 여성의 입장에서, 조금이라도 '먹물을 지니거나 사용하려는 자'의 입장에서 말이다(조르바는

1883년생인 카잔차키스보다 앞서 태어난 실존 인물이다. 옛날 옛적 사람을 페미니즘 관점에서 평가하고, 성토하는 일? 흠, 그건 다음 생에서 하련다). 조르바는 도덕적이지도 성숙하지도 완벽하지도 않은 인물이다. 나는 그저 달리는 심장처럼 구제불능이고, 깃발처럼 자유로이 살다 간 어느 천둥벌거숭이, 드물게 행복에 겨운 영혼으로서 그가 좋았다.

미간을 찌푸린 채 오늘밤 어둠이나 내일 아침 불안에 대해 고민하는 아기는 없다. 아기는 눈앞에 보이는 것을 판단하지 않는다. 만져보고 판단한다. 모든 위험 요소가 아기에겐 위험이 아니다. 위험을 감지하고 동동거리는 것은 그 옆을 지키는 어른이다. 아기에겐 편견이나 걱정, 유예가 없다. 지금 이후의 시간이 없다. 생이 이끄는 대로 살 뿐이다. 그런 순간은 인생에서 얼마나 짧은가? 짧아서 기억조차 나지 않는다. 조르바는 이 짧은 시간을 자기 의지로 '길게' 늘여놓은 인물이다. 그는 '늙은 아기'다. 늙었지만 도무지 늙지 않아, 마땅히 해야 할 일도 하지 못할 일도 없는 사람이다. '행복'은 '생각'을 우습게 따돌린다. 생각과 따로 존재한다. 가령 내가 '생각하고 행동하는 자와 행동하고 생각하는 자' 둘 중 어떤 사람이 행복할까 고민할 때, 조르바라면 이렇게 말하지 않을까? "뭘 그렇게 따분한 이야기를 하는 거요?

자, 일어나 일단 춤이나 춥시다!"

　나는 아직 베를린에 있다. 나는 너무 많은 생각과 고민을 하느라 인생의 대부분을 쓰고 있지 않은가, 회한이 든다. 바뀌지 않을 습성일 테지만. 한낮 30도가 넘는 태양 아래서 춤추는 베를린의 젊은이들을 바라보면 괜히 부끄럽다. 그들의 그을린 피부와 땀방울을 보며, '노는 정신'을 부러워하며 중얼거린다. 아! 인생은 조르바처럼, 그리고 당신들처럼!

모든 소설은 '모르는 사람들' 이야기다

소설을 읽지 않는 사람은 소설을 잘 '못 읽(어내)는' 사람이 아닐까, 생각한다. 소설(특히 장편소설)은 안으로 진입하기 쉽지 않다. 글을 건축물이라고 봤을 때 '소설'만큼 불친절한 건축물도 없다. 문은 열려 있되 입구는 많으며, 방은 더 많고, 건너뛸 수 있는 방도 없다. 독자는 능동적으로 들어가야 한다. 가서 주인공과 주변 인물을 만나고(몰래), 상황을 알아보고(적극적으로), 사건에 개입하고(투명인간처럼), 인물의 삶을 같이 살며(감정이입),

이승우, 『모르는 사람들』, 문학동네

그 세계의 문이 닫힐 때까지 머무르다 내 세계로 돌아와야 한다. 보통 정성이 드는 일이 아니다. 잠시나마 타자의 삶에 깊이 연루되는 일이다. 작가가 친절하지 않을 경우, 가령 사건 진행이 느리거나 포석을 까다롭고 지루하게 깔아놓았을 경우엔 진입 '포기의 유혹'을 이겨내야 한다. 사는 것도 어려운데 왜 가짜 삶(소설)을 겪어보겠다고 이 정성을 들이느냐고? 소설을 읽는 것은 다른 장르의 책을 읽는 것과는 다르기 때문이다. 대부분의 책이 사는 일을 생각하고 고민하게 한다면, 소설은 한 편에 한 번씩 삶을 '살게' 한다. 한 권의 소설을 읽을 때마다 한번 더 살아본 기분이 든다. 나 아닌 다른 사람으로.

소설의 라이벌은 삶이 아니다. 하지만 삶의 라이벌은 소설이 될 수 있다. 소설은 삶이 거느린 요소를 '거의 다'라고 해도 좋을 만큼 품고 있다. 물론 소설은 꾸며낸 이야기(거짓)에 지나지 않는다고 말할 수도 있다. 제임스 설터는 『파리 리뷰』에서 이렇게 말했다.

우리는 대부분의 위대한 장편소설과 단편소설은 전적으로 꾸며낸 게 아니라 완벽하게 알고 자세히 관찰한 것에서 비롯되었다는 것을 알고 있어요. 그런 작품들을 꾸며냈다고 말하는 건 부당한 표현이에요. 때때로 나는 아무것도 꾸며내지 않는다고 말하곤 해요. 물론 이 말은 사실이 아니죠. 그러나 난 보통 모든 것은 상상력에서 나온다고 말하는 작가들에게는 관심이 없어요. 나는 자신의 삶을 나에게 이야기해주는 사람과 한 방에 있고 싶어요. 그 이야기에는 과장이 있고 거짓말도 있을 수 있겠지만, 그래도 나는 본질적으로 진실인 이야기를 듣고 싶거든요.

소설은 '사실'만을 담고 있진 않지만, '사실보다 더 중요한 것'을 담고 있다(때때로 우리는 '중요한 건 사실이 아니야!'라고 부르짖지 않는가). 삶이 일부러 숨기거나 어떤 이유 때문에 보여주지 않은 것, 불확실함 속에 깃든 징후를 소설은 보여준다. 소설은 '모호함을 형상화'하는 장르다. 갖가지 방식으로, 우아하게. 따라서 소설은 삶의 거울이자 라이벌이 될 수 있는 것이다. 소설가들은 거울을 통해 "완벽하게 알고 자세히 관찰한 것"을 기록한다.

얼마 전 출간한 독서일기에 이렇게 쓴 적이 있다. "나는 언제나 말할 수 없는 것을 쓰고 읽는 일에 끌렸다. 한마디로 얘기할 수 없는 것, 서사가 단순하거나 모호하지만 그 안에 많은 이야기가 '숨어' 있는 작품. 소소한 이야기들. 삶에 밀착된, 거울 같은 이야기들. 말로 그려내지 않으면 시간 속에서 흐릿하게 묻히고 말 이야기들. 특별하지 않지만 무거운 것들. 오랫동안 열리지 않은 창고 속에 사는 것들(졸저 『내 아침 인사 대신 읽어보오』)." 이승우 작가의 『모르는 사람들』이야말로 이런 종류의 이야기였으므로, 읽는 내내 여러 번 감탄했다! 이런 이야기는 말하기 쉽지 않다. 작은 구멍을 통과하여 '간신히' 말해지는 이야기다. 이 까다로운 발설 작업을 이승우 작가는 해냈다. 아주 편안한 톤으로 써냈다. 다루기 어렵지만, 그리 어렵지도 않다는 듯이. 어디에서도 그려진 적 없는 삶의 모호한 얼굴을 그려냈다.

나는 이승우 작가가 집요하고, 친절한 작가라고 생각한다. 그가 집요하다고 생각한 이유는 사람을 면밀히 파고들어 묘사하기 때문이다. '그 사람은 왜 그랬을까', '그 사람은 어떻게 됐을까' 이 두 물음 사이에서 시소를 타는 사람이 소설가라면 이승우 작가는 전자의 물음에 오래 매달리는 사람으로 보인다. 그는 '인물'이란 오브제를 단상에 올려놓고 탐구한다. 기도하는 자세로 인물에 접근하는 것처럼 보인다. 한 사람을 완전히 이해할 수 없음, 그 한계를 인정하며 고심한다. 사건에 앞서, 인간의 본질을 들여다보려 한다는 점에서 그는 항상 특별하다. 반면 그가 친절하다고 생각한 이유는 정확한 문장을 적확한 때에 맞춰 구사하기 때문이다. 좋은 문장은 독자를 피로하게 하지 않는다. 좋은 문장을 읽을 때면 좋은 배를 타고 있는 기분이 든다. 편해서, 배를 타고 있다는 사실조차 잊은 채 전진하는 기분. 이승우 작가는 쉽고 편하고 순한 문장 안에 서사를 담는다. 덕분에 독자는 작가가 안내하는 데로, 어느 곳이든 닿을 수 있다.

이 책 『모르는 사람들』에는 '끝내 알 수 없는 삶, 끝내 이해할 수 없는 인간'을 다룬 이야기가 여덟 편의 단편에 담겨 있다. 인물들은 상황과 입장에 따라 달라지는 기억, 확신할 수 없는 사실, 원인이 불분명한 결과, 이해한다고 믿는 것과 받아들이는 것의 차이, 피해자와 가해자의 위치가 교묘히 전복되는 상황, 입장에 따라 판단을 달리하는 타자들, 곤란하기 때문에 알고 싶지 않은 진실을 마주하며 혼란을 겪는 사람들이 나온다. 인물들은 종종 이렇게 중얼거린다.

나는 내가 무엇을 원하는지 도무지 알 수 없었는데, 그것은 아무것도 말해주지 않아도 다 알 것 같으면서 또 모든 걸 말해준다 해도 아무것도 모를 것 같았기 때문이었다. (65쪽)

그밖에도 아버지에 대해, 아버지인데도 모르는 것이 참 많았다는 걸 몰랐다. 가장 단순하고 가장 투명해 보이던 아버지야말로 우리가 가장 모르는 사람이었다는 걸 깨닫기까지는 그리 많은 시간

이 필요하지 않았다. (110쪽)

궁금한 것은 왜 궁금하고, 궁금함에도 불구하고 어떤 것들은 왜 묻기가 어려운가. 궁금한 것은 닫혀 있는 상자이기 때문이고, 그런데도 묻기가 어려운 것은 그것을 열었을 때 무슨 일이 일어날지 알 수 없기 때문이다. 더 정확하게 말하면 무슨 일이 일어날지 어렴풋이, 어렴풋이만 예감하고 있기 때문이다. (144쪽)

그녀로부터 들어 알게 된 찰스는 내가 이해하고 있는 찰스와는 아주 많이 달랐다. 그것들을 사실이 아니라고 부정할 근거가 나에게는 없었다. (158쪽)

있고, 있다는 것을 앎에도 불구하고 어떤 것은 말해질 수 없거나 말하지 않기로 결정됨으로써 말해지지 않는다. 그러나 말해지지 않은 것들은 말해지지 않았기 때문에 사라지지 않는다. 그것들은 언제든 말해질 수 있는 상태로 웅크리고 있다. (204쪽)

소설을 읽은 후 생각이 많아졌다. 누가 누구를 안다는 게 가능한 일인가? 얼마만큼 안다는 말인가? 결국 우리가 '아는' 사람은 우리가 '모르는' 사람 아닌가? 평생 결론은 도출할 수 없는 실험을 하는 것처럼, 쓸쓸하게 늙어가는 사람을 알아보고, 안다는 것을 부정하고, 다시 수정하며, 나아가는 일. 결국 모든 소설은 우리가 '모르는 사람들'의 이야기다. 모른다는 것을 알기 위해, 이해의 속성을 받아들이기 위해 소설을 읽는다. "이해할 수 없는 것을 이해하는 가장 쉽고 위험한 방법은 이해할 수 있는 것만 이해하는 것이다."

책을 다 읽고 현실로 돌아왔을 때, 표지에 걸린 무지개를 쓰다듬으며 잠시 착각에 빠졌다. 세상이 좀더 명징하게 보인다고. 정확히 말해 세상의 모호함이 더 명징해졌다고. 한 권을 독파했을 때 손에 남는, 어리석은 달콤함.

삶에 얼굴이 있다면 어떤 모습일까? 흐리멍덩해 보일 게 분명한, 그 표정의 낱낱을 형상화하는 게 문학이라면 이 책은 문학의 가장 좋은 예가 될 것이다.

비스코비츠! 넌 동물이고, 난 인간이야!

어느 날 갑자기 동물의 말이 들린다면? 자수성가한 쇠똥구리
라면 이렇게 말할 수도 있다.

아주 힘든 일이었지만 보상은 두둑했다. 곧 사유물을 축적하고,
부하들을 모으고, 호위 사병을 기르기에 충분한 재산을 모았다.
단시간에 나는 조직의 우두머리가 되었다.

알레산드로 보파, 『넌 동물이야, 비스코비츠』, 이승수 역 미음사

'돼지다움'을 부르짖는 엄마 돼지라면 아들에게 이렇게 조언
할 것이다.

> 네가 누군지 늘 기억해라, 아들아. 넌 돼지다. 늘 더러운 것을 먹
> 고, 더러운 짓을 하고, 더러운 생각을 하도록 노력해라. 네 집을
> 진짜 돼지우리처럼 만들거라.

사랑에 빠진 가시고기라면?

> 머릿속으로 당신을 애무해. 어떤 강한 마법이 나를 당신한테 묶
> 어놓은 걸까? 당신의 매혹적인 비늘에서, 다랑어 소스를 끼얹은
> 당신의 옆모습에서 달콤한 사랑의 무한한 신비를 꿈꿔.

'매 순간 흥미진진하고 낄낄거릴 수 있으면서 실없지 않은 책'
을 찾는다면 『넌 동물이야, 비스코비츠!』를 추천하겠다. 이 책은
스무 편의 에피소드로 구성되어 있으며 스무 마리의 다양한 동
물들이 주인공으로 나온다. "자웅동체인 달팽이, 사랑에 대해 말
하는 앵무새, 에로틱한 꿈을 꾸는 겨울잠쥐, 교미가 끝나고 암컷
에게 잡아먹히는 사마귀, 뻐꾸기 새끼를 키운 되새, 암컷들을 차
지하기 위해 우두머리가 되지만 그들을 보호하기 위해 피 흘리

는 싸움만을 되풀이해야 하는 큰 사슴, 열심히 똥을 모으는 쇠똥구리, 백만장자가 된 춤추는 돼지, 실험실 쥐, 의사소통에 어려움을 겪는 가시고기, 살인본능을 타고난 전갈, 권력을 거머쥐려애쓰는 개미, 무엇이든 변신 가능한 카멜레온, 전직 마약국 형사견이었던 수도승 개, 기생충, 부모마저 잡아먹는 상어, 미남에서한순간 추남으로 격하되는 벌, 성이 수시로 변하는 해면 등(옮긴이의 말)"이 이야기에 등장한다. 동물들의 이름은 모두 '비스코비츠'다. 두뇌가 뛰어난 실험 쥐의 경우 비스코비츠V.I.S.K.O.V.I.T.Z란 이름은 "매우 똑똑하고 유능한 동물종 중에서도 매우 똑똑한우등종Very Intelligent Superior Kind Of Very Intelligent and Talented Zootype"의약자다. 재미있지 않은가? 스무 마리의 비스코비츠는 종에 따라고유의 특성을 지니며, 각자 개성적이다.

동물이 주인공인 책은 많다. 우리나라에도 안국선이 쓴 『금수회의록』이란 신소설이 있고, 이솝 우화나 전래동화도 동물이 주인공이다. 조지 오웰의 『동물농장』, 장자의 글에도 동물이 나온다. 그렇다면 이 소설은 무엇이 특별한가? 이 소설은 '지금 여기', 현대를 사는 인간 군상을 보여준다는 점에서 특별하다. 말하자면 최신판으로 업그레이드된 우화랄까. 동물을 끌어다 역사나 정치 문제를 생각하게 하거나 인간이 지켜야 할 도리·명분을 말하며, 교훈을 담고 있지 않다. 그저 동물 저마다의 습성을 세세하게 의인화해, 지금 우리의 모습을 보게 한다. 짝짓기에 몸이 달은 동물, 외모지상주의에 빠진 동물, 권세 욕망에 눈이 먼 동물, 어리석음으로 삶을 망치는 동물, 자기애가 강한 동물, 잘하려다 실패하는 동물, 태생이 사악해 남을 해하는 동물, 본성을 숨기지 못하는 동물, 상대방의 생각을 오해해 늘 사랑에 실패하는 동물! 이들의 모습은 놀라울 정도로 우리와 닮아 있다.

인간으로서 약간의 자존심을 지키고 싶기에, 나는 배우 김하늘 톤으로 이렇게 중얼거려보기도 했다. '비스코비츠, 넌 동물이고, 난 인간이야!' 그래서? 우린 무엇이 다르며 무엇이 비슷한가? 존 버거는 어느 책에서 "왜 동물들을 구경하는가"라는, 심오한 질문을 던졌다. 머리칼이 쭈뼛 서는 질문이다. 우리는 '왜' 동물을 기르거나 함께 살고, 가두어 구경하며, 살육하고 먹으며, 희화화하거나 귀여워하고, 대체로 하대하고, 종종 창작의 소재로 사용하는가? 반대로 그들의 눈에 비친 인간은 어떤 모습일지 생각해보는가?

만약 최초의 은유가 동물이었다면, 그것은 인간과 동물 사이의 본질적인 관계가 은유적이기 때문이었다. 그러한 관계 안에서 이 두 개의 항목『인간과 동물』이 공통으로 가지고 있는 것은 무엇이 그것들을 구별지어주는지를 드러내준다. 그리고 그것들을 구별지어주는 것들은 그 관계 안에서 인간과 동물이 공통으로 가지고 있는 것이 무엇인지를 보여주게 된다.

– 존 버거, 『본다는 것의 의미』 수록

인간과 동물이 "공통으로 가지고 있는 것"이 우리를 구별 짓게 한다는 생각은 흥미롭다. 먹고 잠자고 짝짓고 종족을 보존한다는 점에서, 인간과 동물은 (추구하는 게) 비슷하면서 (방법이) 다르다.

한편 인간과 동물이 다르다면, 그것은 우리가 영유하는 '시공간' 안에서 다름을 의미한다. 같은 시간대를 살고 있다 해도 동물과 인간의 '가용 시간'은 확연히 다르다. 하루살이의 전생全生과 인간의 하루는 얼마나 상대적인가? 이 책에 등장하는 달팽이 비스코비츠는 마음에 드는 짝을 발견했는데, 그녀에게 가기까지 여섯 달이 걸린다고 한숨 쉰다. 이 똑똑한 달팽이는 "인생이 시간에 맞선 경주라면, 우리 달팽이들과의 경주에서 시간은 유리한 위치에서 출발하는 게 분명하다"고 말한다. 인간 역시 "시간에 맞선 경주"에서 늘 유리하진 않다. 우리는 종종 '눈 깜짝할 사이'에 긴 시간이 흘렀다고 한탄하지 않는가? 만약 영생이 가능한 종이 있다면, 그에게 인간의 시간은 하루살이의 하루보다도 짧은 시간일지 모른다. 이 책에서 시간에 관해 생각해볼 만한 인상적인 에피소드가 하나 더 있다. 어린 톰슨가젤을 사랑하게 된 '채식주의자 사자 비스코비츠'(나중에 채식을 포기하지만)의 이야기다. 일전에 나는 "고독은 서로 다른 종을 사랑하는 일(졸저 『밤은 길고, 괴롭습니다』)"이라고 쓴 적 있기에, 이들의 이야기가 특별히 흥미로웠다. 은유로서가 아니라, 이들은 실제로 다른 종을 사랑한다. 이들은 뜻밖의 짝짓기 끝에 황홀함을 맛본다. 그러나 암컷 가젤은 나이 많은 수사자와의 사랑에 회의적이다. 수사자가 가젤의 양부모를 만나는 자리에서 양부모를 '저녁식사'로 오인했을 뿐 아니라(맙소사!), 둘 사이의 나이 차이 역시 문제라고 느꼈기 때문이다.

> "하지만 이게 다가 아니야, 비스코. 네 나이를 보면 내⋯⋯."
> 그녀는 계산을 하기 시작했다. 그녀가 한 살이라면 나와는 열네 세대 차이가 날 수도 있었다.

한 살과 열네 세대라니! 인간의 시간으로 따져보면 길지 않은 시간 차일 수 있지만 가젤과 사자의 시간에서는 열네 번의 세대가 바뀌는 시차가 되는 것이다(우리 식으로 계산하면, 한 세대는

30년이니 420년 차이가 나는 커플이다). 이 에피소드를 읽고 처음에 나는 낄낄거리며 즐거워하다, 곰곰 생각에 빠지다, 문득 서늘해졌다. '지금, 여기'를 지나고 있는 지구상의 수많은 생명체들은 도대체 얼마나 다른 시간, 생의 주기, 세계를 지닌 채 살아가는 걸까? 그러고도 우리가 엉키지 않고 각자 시간의 순리대로 살수 있다니(물론 자주 죄를 지어 순리를 파괴하는 것은 인간이지만)! 혹 우주에 다른 생명체가 존재한다면 그들의 시간과 우리 시간은 또 얼마나 차이가 나는 걸까?

아무튼. 스무 마리의 비스코비츠에서 나를 보고, 우리를 보고, 지금을 본다는 점에서 이 책은 의미 있다. 동물과 인간은 '차이와 같음'이라는 열매를 나눠 먹는, 종이 다른 생명체다. 같이 오래 살아왔고 앞으로도 살아갈 것이다. 생각하니, '고등동물'이란 말은 쉽고 상대적이다. 각자 하나하나가 우주인 것을.

여러 명의 철수 속에 깃든 철수

『철수』를 세 번 정독했다. 2000년대 초 대학도서관에서, 2010년대 초 내 방에서, 그리고 며칠 전 파주 교하도서관 3층에서. 마지막은 이 글을 쓰기 위해 읽었다. 통독하지 않고 발췌해 읽은 건 더여러 번이다. 나는 이 책을 왜 이렇게 반복해 읽은 걸까? 『철수』는 도스토옙스키의 『카라마조프가의 형제들』처럼 소설의 FM이라고 볼 수 있는 소설은 아니다. 보기에 따라 문장이 거칠게 느껴질 수 있고, 완벽한 플롯이나 흥미로운 서사를 갖고 있지도 않

배수아, 『철수』, 작가정신

다. 다만 이 소설을 한번 잡으면 눈을 떼기가 어렵다. 빼어나게 예쁜 곳도 없는데, 몹시 매력적이라 시선을 사로잡는 사람을 볼 때처럼 나는 『철수』를 바라본다. '읽는다'고 하지 않고 '바라본다'고 한 이유는 내가 이 소설을 볼 때마다 미술작품을 보듯 '감상'하고 '감탄'하기 때문이다.

　나는 어느 글에서 『철수』를 두고 이렇게 쓴 적이 있다.

　"'마녀의 휘파람' 소리에 홀려 낯선 길을 헤매다 빠져나온 기분이 들어, 여러 번 읽게 되는 소설이다. 발가락이 하나 없는 사람의 걸음걸이 같은 소설. 불균형의 아름다움(졸저 『내 아침 인사 대신 읽어보오』)."

　조금 더 말해보자. 『철수』는 어떤 소설인가? 이 소설은 좀 다른 데가 있다. 한마디로, 한 줄로, 한 페이지로 표현할 수 없다. 『철수』는 소설의 옷을 입고 있지만 시의 몸을 하고 있다. 기괴한데 아름답다. 흉측한데 사랑스럽다. 소설에도 걸음걸이가 있다면! 이 소설의 걸음걸이, 진행 속도, 공중을 경중경중 뛰어다니려는 의지, 무대에서 혹은 무대 아래에서 발생하는 모든 소리, 스텝, 대사, 인물의 표정, 이야기의 틀이 모두 시를 향해 있다.

　조금 더 말해보자. 제목은 어떤가? 철수는 누군가의 철수이면서 우리 모두의 철수이다. 학교에 입학해 교과서를 펴면 제일 먼저 접하는 남자가 철수다. 영희나 순이 옆에서 그들과 시시콜콜한 이야기를 나누고, 소소한 규칙을 어기며, 때로 반성하고 화해를 청하는 인물이 철수다. 옆집이나 건넛집에 사는 '아는 남자'가 철수다. '표준'이라고 단정할 순 없지만 '특별함'도 없을 것 같은 남자의 이름이 철수. 철수의 이름이 남자, 라고 해도 이상할 것 같지 않다.

조금 더 말해보자. 스무 살 땐 이 소설이 사랑을 이야기한다고 생각했다. 서른이 넘어서는 계급 문제를 다루고 있다고 생각했다. 지금 나는 이 소설이 지리멸렬한 삶에 대해 우습고 별난 방식으로 이야기하고 있다고 생각한다.

이 소설에 관한 리뷰를 쓴다고 하자 내 친구 한 명은 『철수』가 좋은 소설이라는 데 동의하며, "사랑 이야기잖아?"라고 말했다. 앞에서 말했듯이 스무 살 땐 나도 이 소설이 '사랑' 이야기인 줄 알았지만 지금은 아니다. 나는 앉은자리에서 펄쩍 뛰었다. 다시 읽어보라고, 이건 단지 사랑만을 이야기하고 있지 않다고. 나는 흥분해서(왜 이렇게 흥분하는지 알 수 없지만) 소설의 뒷부분에 나오는 장면, 주인공 여자가 군대에 있는 철수에게 면회 간 장면을 이야기했다.

"주인공 여자가 철수 어머니가 전해주라고 한 닭을 들고 군부대를 찾아갔던 거, 기억해? 그때 길이 여러 번 엇갈렸잖아. 철수가 두 명이라고. 어떤 군인은 철수가 훈련 나갔다고 하고, 어떤 군인은 다쳤다고 하지. 아주 추운 날이라 여자는 몸이 꽁꽁 얼었고 닭은 시체처럼 차가워졌어. 우여곡절 끝에 주인공은 결국 철수를 만나지. 뭐라고? 아니, 아니래도! 철수는 주인공의 남자친구가 아니야. 주변 사람들이 그렇게 생각했지만, 남자친구가 아니야. 그냥 섹스를 한 번 했을 뿐이야. 철수가 원해서. 그들은 연인이 아니야. 아무튼 철수는 그 얼어터진 닭, 자기 어머니가 보내준 닭을 주인공에게 먹이려고 해. 그때 주인공이 이렇게 말하지. 싫어! 철수, 그건 너의 닭이야! 나의 닭이 아니야! 싫어!"

나는 친구를 향해, 어쩌면 주인공 여자보다 더 처절한 목소리로 "철수, 그건 너의 닭이야!"라고, 여러 번 부르짖었다. 마치 그 얼어터진 닭이 내게 넘겨지기라도 할까봐 몸서리치는 사람처럼! 나는 왜 흥분했던가? 그가 이 소설을 사랑 이야기라고 기억해서? 모르겠다. 그렇지만 이건 정말 중요한 문제다.

요는 이렇다. 휴가를 나온 철수는 여자와 몸을 섞은 적이 있고, 그 일을 계기로 철수는 여자에게 면회를 와달라고 한다. 철수는 남자친구가 아니지만 남자친구처럼 군다, 철수의 어머니까지 시

어머니처럼 군다. 여자는 이 사태를 받아들이지 못한(않은) 상태에서 면회를 가게 된다. 철수는 흔한 이름이고 부대에 있는 철수는 한 명이 아니다. 군인들 사이에서 누가 철수고 누가 철수가 아닌지 구분도 어렵다. '여러 명의 철수 속에 깃든 철수'를 겨우 만난 여자는 철수의 닭을 거부하며 급기야 닭을 변소에 버리고, 철수는 이렇게 말한다. "나, 너에게 의무감을 가지려고 했다."

소설의 말미에 등장하는 또다른 남자(또다른 철수라 해도 이상하지 않은)와 여자의 대화를 살펴보자.

말해봐, 처음으로 같이 잤던 남자는 누구였지? 기억이 나지 않아요. 거짓말하지 말고 말해봐, 괜찮으니까. 기억이 나지 않는다고 했잖아요. 뭐라고 했나? 열일곱 살 때? 어떤 남자였지? 동네 깡패? 교회 선배? 고등학교 물리 선생? 아니면 술집에서 돈을 받고 했나? 어느 순간에는 공포와 욕망과 환멸은 하나의 일그러진 얼굴이다. 나는 열심히 남자의 공포와 욕망과 환멸이 되어준다. 그것은 동시에 나의 공포와 욕망과 환멸이 되어 돌아온다.

남자는 여자의 치모를 태우고 싶어한다. 주인공은 수줍어하거나 상처받는 대신 이렇게 속삭인다.

날 태워봐. 기름을 바르고 내 몸에 불붙여봐. 마녀처럼 날 화형시켜봐. 쓰레기봉지로 날 포장해서 소각로 속으로 집어던져봐. 나는 다이옥신이 되어 너의 폐 속으로 들어간다. 내 얼굴을 면도칼로 가볍게 긋고 스며나오는 피를 빨아봐. 고양이처럼 그 맛을 즐겨봐. 그래서 나는 피투성이가 되고 싶어.

이 소설은 세련된 방식으로 여성, 가난한 자, 약자의 위치에 있는 사람으로 사는 일의 피로함을 보여준다. 대부분의 이야기에서 여성은 남성의 성적 대상으로 전락할 때 피해자이거나 맞서 싸우는 자로 그려지는데, 『철수』의 여성 화자는 다르다. 그녀는 방관자이거나 이방인의 시선, 차라리 관조하는 시선으로, 구차하고 역겨운 상황을 비스듬히 본다. 비웃는다. 피로한 얼굴로 화형대에 오르는 마녀의 자세. 그러나 그녀는 당하는 동시에 당하지 않는다. 모든 면에서 피해를 입고 있지만, 그녀가 유지하는 (가해자와의) 거리 때문에 그녀는 우아해 보인다.

배수아는 '작가의 말' 말미에 이렇게 썼다. "삶의 도식성과 우월감. 철수는 나에게 그런 것들을 보여주고 떠났다. 나는 빈곤감에 시달렸다. 나도 그런 것이 갖고 싶었다." 삶의 도식성과 우월감. 그건 남자들이 '본의 아니게' 장착하고 태어나는 거다. 인간의 기본값으로 설정된 성을 쥐고 태어난 남자들에겐, 그야말로 몸에 밴 것이다. 아니라고? 나도 그런 말이 하고 싶다. 그런 건 없다는 말. 공평하다는 말. 빈곤감에 시달렸으므로. 글쎄? 당신과 골백번 잠자리를 가졌어도 내 몸은 닳지 않으며, 내 몸은 조금도 너덜너덜해지지 않으며, 내 몸은 당신 것이 아니라 내 것이고, 당신과 골백번 잠자리를 가진다 해도, 당신은 나에 대한 의무감 따위는 갖지 않아도 된다고, 하루 온종일 설명한다고 해도, 설사 알아들었다고 해도! 그들의 도식성과 우월감이 사라질까?

배수아를 생각하면 '마녀'가 떠오른다. 누군가를 잡아먹고 괴롭히는 마녀가 아니라, 닿을 수 없는 곳에서 냉기를 뿜어내며 얼음을 얼리고 있을 것 같은 마녀. 단상 아래에서 조용히 구경하고 싶은 매력적인 인물. 10년 뒤에도, 아마 나는 이 소설을 읽을 것이다. 생고기같이 거칠지만 뜯어먹고 싶은 소설, 철수.

오선지 위에 쓰인 글

음식을 말하기 좋을 때는 배가 고플 때고, 여행을 말하기 좋을 때는 여행에 굶주렸을 때다. 사랑을 말하기 좋을 때는? 사랑에서 멀어졌을 때다. 너무 가깝지 않을 때, 아주 영영은 아니고, 모퉁이를 돌아 사랑이 '막 사라지던 풍경'이 눈앞에 어릿어릿 보이는 것 같을 때. 열기가 사라진 사랑은 이리저리 들춰보아도 화상火傷을 입지 않는다. 그때야 사랑은 충분히 '말해질' 여유를 갖는다. 그런데 어떤 사랑 얘기는 사랑 주변을 걸으며, 안으로 더디게 들어

마르그리트 뒤라스, 『모데라토 칸타빌레』, 정희경 역, 문학과지성사

가거나 들어가지 않음으로, 사랑의 범주를 넓힌다. 이건 고수만
이 할 수 있다.

뒤라스는『고독한 글쓰기』란 책에서 "쓴다는 것은 말하지 않
고, 침묵을 지키는 것이다. 그것은 바로 소리 없이 울부짖는 것
이다"라고 썼다. 글은 소리가 사라진 말이다. 침묵 속에서 문장
을 이어갈 때, 문장 사이사이에는 작가의 호흡과 리듬이 밴다.
글은 단순히 문자로 이루어진 것이 아닌, '리듬을 동반한 말'이
다. 리듬을 동반할 때 말은 노래나 음악이 된다. 음악은 '고양
된 심리 상태'를 표현하기에 적합하다. 뒤라스가 작품 제목으로
「라 뮤지카(희곡)」,『모데라토 칸타빌레』등 음악 용어를 종종 썼
는데, 작품이 입체적인 음악의 형태로 보이길 바라서일지도 모
른다.

'사랑'은 뒤라스의 작품에서 중요한 주제이다.『모데라토 칸타
빌레』,『태평양의 방파제』,『연인』,『부영사』등의 소설에서 잇
달아 실패한 연인을 등장시킨다. 그들은 '허공에 목이 걸려 끌려
다니는 연인들'이다. 그들은 모호하거나 복잡한 이유로 사랑에
실패하거나 실패한 줄도 모른 채 이별한다. 나는 뒤라스의 작품
중에서『모데라토 칸타빌레』를 가장 좋아한다. 이 소설은 '소설

중의 소설'이며, '별들 사이에 자리한 단 하나의 달'이다. 완벽한 소설이 있다면 이래야 한다고, 오래전부터 생각해왔다.

『모데라토 칸타빌레』는 사랑 이야기다. 터지지 않고, 터지기 직전의 상태를 다룬 이야기. 사랑이 풍선처럼 터진다면, 이야기에 푹 젖을 수 있다. 이야기를 몸에 묻히고 음미하고, 좋아하거나 싫어할 수 있다. 그러나 터질 것 같은 상태를 유지하다 끝난 사랑이라면? 사랑을 그리다 완성하지 못하고 절정에서 멈춰버린 사랑이라면? 이야기에서 빠져나오기 어렵다.

『모데라토 칸타빌레』에 등장하는 안 데바레드와 쇼뱅은 사랑하는 사이가 아니라 사랑을 '그려보는' 사이다. 그려보는 게 다이지만, 그들의 모습은 (사랑으로) 넘칠 것처럼 위험해 보인다. 그들은 공장 노동자들이 술을 마시러 오는 카페에서 만나 치정 살인 사건에 대해 얘기한다. 죽은 여자와 여자를 죽인 남자의 심정을 추측하고, 죽어가면서도 행복한 미소를 지어 보인 여자와 미쳐버린 남자에 대해 얘기한다. 두 사람은 대사와 움직임만으로 춤을 춘다(이때 소설은 음악으로 흐른다). 절제된 방식으로, 흘러넘치는 분위기를 만들면서. 그들은 사랑에 관해 말함으로 사랑을 유예한다. 키스하지 않음으로 절정에 오른다. 두 사람은 언어로, 언어 속에 관능을 숨긴다. 이 소설에서 언어는 관능을 숨기는 방패가 된다. 끈적한 관능이 아니라, 아슬아슬하고 살이 없는, 뾰족이 날 선 에로스가 탄생한다. 안 데바레드는 신경질적이다. (사랑이) 넘칠까봐 전전긍긍하기 때문이다. 이 소설에서 인물의 심리묘사나 서사는 절제되기 때문에, 대사가 소설의 전부라고 볼 수 있다. 대사는 인물 정보와 감정 전달을 넘어서 인물의 심리 변화, 시간의 흐름, 과거와 현재, 미래의 단서를 담아낸다. 작품에서 말하지 않은 것은 말해진 것보다 더 중요하다. 말하지 않은 것은 어쩌면 말할 수 없는 것일지도 모른다. 이 소설은 음악처럼 연주되고 변주되다, 악보가 끝나는 지점에서 돌연 멈춘다.

뒤라스는 내가 가장 영향을 받은 작가다. 나는 뒤라스에게 언어의 리듬, 이야기를 끌고 나아가는 방식을 배웠다. 사랑을 그리는 법과 시쓰는 법을 배웠다. 나는 뒤라스가 대사를 처리하는 방식을 보며 시를 썼고, 뒤라스의 작품을 탐독하며 글에는 음악이 흘러야 함을 배웠다. 한동안 시를 오선지 노트에 썼다. 뒤라스는 이야기를 우아하게 이끌며, 책에 시적 에너지가 깃들게 하는 법을 아는 작가다. 감각적이고 지적이며, 풍부한 동시에 간결한 쓰기!

10년도 더 전에 우리나라에서 영화 〈모데라토 칸타빌레〉를 상영했다. 이 소설을 나만큼 사랑하는 친구를 만나지 못했기에 혼자 영화를 보러 갔다. "안 보면 평생 후회할 텐데?" 협박해도, 친구들은 거절했다. 나는 어두운 극장에 앉아 흑백영화를 보면서 행복했다. 그땐 이 소설을 아는 사람이 아주 많지는 않아서, 영화까지 본 사람은 더욱 적어서 벅찼다! 혼자서만 '너무 좋은 것'을 품고, 누린다는 기분 때문에! 이제 더 많은 사람들이 이 아름답고 짧은 소설을 읽었으면 좋겠다. 언제나 우회하는 방식으로 펼쳐지는 이야기, 뒤라스 스타일. 먼 곳에서부터 시작하는 이야기에 당신도 흠뻑 빠지길 바란다.

우정의 빛과 그림자

조용필의 노래 중 "누가 사랑을 아름답다 했는가"라는 가사가 있다. 네 어절의 호흡과 리듬, 따로 또 같이 연결되어 흐르는 듯한 선율과 의미의 오롯함이 좋다. 그러게, 누가 사랑을 아름답다고 하는가. 사랑에는 크고 작은 포탄이 숨어 있다. 불시에 날아들어 상처를 내는 포탄. 아름답기만 한 게 아닐지라도, 사랑은 관계를 굴러가게 하는 윤활유다. 사랑이 과도하거나 부족하거

엘레나 페란테,
'나폴리 4부작',
김지우 역,
한길사

1. 『나의 눈부신 친구』
2. 『새로운 이름의 이야기』
3. 『떠나간 자와 머무른 자』
4. 『잃어버린 아이 이야기』

나 사라지면 관계가 틀어진다. 연인 관계뿐 아니라 친구 사이도 마찬가지다. 처음에 우정은 '사랑'에 가까웠다가(죽이 잘 맞는 친구를 사귀게 됐을 때 설렘!), 적당한 온도를 유지하여 끈끈해지고, 어느 순간 권태기를 맞는다. 권태기를 지나 우정은 살(아나)거나 죽는다. 사랑처럼, 우정도 죽는다. 물론 모든 우정이 이런 과정을 거친다고 할 순 없다. 적정 거리를 유지한다면, 우정은 무탈하고 잔잔하게 지속될 것이다. 그러나 '열렬한 우정'이라면?

내겐 과도한 사랑으로 시작해, 상대방을 누구보다 귀하게 여기던 애착의 시기를 거쳐(서로에 대해 시시콜콜한 것까지 다 아는 관계), 서로의 단점에 질리고 미움이나 질투와 가까운 감정이 끼어들어 관계가 불안정해지다, 결국 멀어진 친구가 있다. 우정이 '어떻게' 사라졌는지, '왜', '갑자기' 서로 멀어졌는지, 명료하게 알 길은 없다. 한 가지 이유가 아니라 여러 가지 복잡한 원인들이 흙속 나무뿌리처럼 얽혀 있을 것이 분명하기에, 섣불리 뭐라 말할 수도 없는 상황. 멀어진 친구를 미워하냐고 묻는다면? 천만에. 오히려 나는 그를 여전히 사랑한다. 그러나 관계는 늘 '사랑을 제외한 것'들 때문에 어려워진다. 멀어진 친구를 생각하면 한밤중에 갑자기 가난해진 것 같은 기분이 든다. 마음을 탈탈 털린 기분.

속마음을 털어놓아도 부끄럽지 않고, 마음이 편해지는 친구 A의 방에서 와인을 마시던 밤. 어떤 마음이 인간의 관계를 틀어지게 할까, 우정을 변하게 하는 요인이 뭘까, 바보 같은 질문을 던졌다. 특별한 얘기를 하지 않고 와인을 홀짝이던 A는 책장으로 걸어가더니 네 권으로 된 두꺼운 책 세트를 꺼내들고 왔다. 엘레나 페란테의 나폴리 4부작이었다. 자신은 이미 전자책으로 다 읽었고, 이 책들은 들춰보지도 않은 새것이니 선물이라고 했다. 두 여자의 우정을 그린 소설이라며, 꼭 읽어보라고 했다. 기분좋게 취한 밤, 나는 두꺼운 책 네 권이 담긴 상자를 끌어안고 택시를 탔다.

다음날부터 네 권의 책을 차례대로 읽어나갔다. 특히 1권은 이야기가 강렬하고 재미있어 홀린 듯 빠져들었다. '나폴리 4부작'이란 부제가 붙어 있는 네 권의 책은 분량이 어마어마하다. 1권 456쪽, 2권 676쪽, 3권 624쪽, 4권 680쪽이다(다 읽었다는 뿌듯함에 굳이 쪽수를 기록)! 원고지로 따지면 10,000매가 훨씬 넘는 분량인데 술술 잘 읽혀 한 권 한 권 독파해나가는 재미가 있었다. 친구 A의 말처럼 '모처럼 제대로 독서했다는 성취감'을 느끼기에도 좋은 책이다.

전 권에 걸쳐 엘레나 그레코와 라파엘라 체룰로(릴라), 두 여인이 나누는 60년 동안의 우정이 책의 큰 주제인데 한 권을 지날 때마다 인물의 나이와 처지, 사회문화와 정치 흐름이 변해 있다. 간혹 플래시백이 있지만, 대체로 시간순으로 흘러가는 이야기는 긴 드라마를 보는 듯했다. 나폴리를 배경으로 한 엘레나와 릴라의 우정은 초등학교 1학년 때부터 시작된다. 화자인 엘레나는 처음부터 릴라의 못된 성격과 당당함, 명민하고 특별한 카리스마에 압도당한다.

> 그때부터 나는 릴라를 내 기준으로 삼고 아무리 그녀가 나를 귀찮아 하고 쫓아내려 해도 절대 그녀를 시야에서 놓치지 않을 거라고 다짐했다.
>
> 아마도 이것이 질투나 증오 같은 감정에 대한 나의 반응이자 나름의 대응방식이었던 것 같다. 아니면 내가 릴라에게 느낀 종속감과 그 미묘한 매력을 이런 식으로 포장하려 한 것일지도 모르겠다. 분명한 것은 릴라가 나보다 훨씬 뛰어난 아이라는 것을 인정하면서 그녀가 제멋대로 구는 것도 함께 받아들이도록 나 자신을 훈련시켰다는 점이다.

엘레나는 평생 릴라의 영향을 받는다. 뛰어난 릴라를 따라가려고 피나는 노력을 하며 공부하고, 릴라의 어릴 적 꿈이었던 '작가'가 된다. 작가가 된 후에도 릴라가 실망하지 않도록 신경

쓴다. 이 과정에서 엘레나는 릴라를 향한 질투나 증오, 열등감과 우월감, 연민과 애증을 고루 느끼며 혼란스러운 시간을 갖는다. 릴라 역시 평생 엘레나를 '가장' 의식하며, 엘레나와 경쟁하고 영향을 주고받는다. 밀착된 그들의 관계는 견고해지는 과정에서 가장자리부터 금이 가거나 조금씩 부스러진다.

지나치게 가까워 '거리'를 잃어버리면 '관계'도 잃어버린다. 밀착되어 있지 않으면 그에 대해 속속들이 알 수 없기에 서로 존중하는 마음이 생긴다. 둘 사이에 조화로운 틈隙이 생기며, 격格이 생긴다.

릴라는 타고난 카리스마와 매력, 강인한 아름다움 때문에 사랑이 수없이 제 발로 걸어오지만 사랑을 쥐고 싶어하지 않은 자, 쥘 여력이 없는 자다. 그녀는 원하지 않아도 늘 힘의 중심에 선다. 릴라에게 사랑은 대단한 일이 아니다. 사랑에 매달리기에 그녀의 삶엔 풍파가 많으며, 사랑보다 중요한 것들이 있다. 릴라는 사람들에 의해 악녀가 되었다 성녀가 되기도 하며, 이야기의 중심에 서지만 스스로는 관조하는 시선으로 세상을 꿰뚫어볼 뿐이다. 화려하게 살다가도 초라해지고, 부유하다가도 가난해지는 릴라는 사실 이 모든 것을 허무하게 바라보는 자세 때문에 비범해 보인다. 그녀는 "빛날 수 있었겠지만 빛나기를 원하지 않는 하나의 잠재적인 불꽃(보들레르)" 같다.

반면 엘레나는 언제나 사랑받길 원하고, 사랑을 쥐고 싶어 애쓰는 자다. 그녀의 애씀은 항상 안정적이고 좋은 결과를 가져오지만 불안을 동반한다. 나는 '질투심'이란 모든 자가 콩팥처럼 지니고 있다 언제고 발현되는 거라고 믿는 편인데, 그 개수는 사람마다 다르다고 생각한다. 엘레나는 누구보다 질투심이 많다. 온화한 성격과 어릴 때부터 절제해온 삶의 자세로 누르고 있을 뿐, 그녀의 야망과 질투심은 릴라를 압도한다. 따라서 화자인 엘레나의 솔직하고 적나라한 심정을 따라 이야기를 읽는 일은 흥미롭다. 엘레나는 죽을 만큼 노력해 언제나 뛰어난 성과를 내지만 자신감이 부족하고 열등감에 둘러싸여 있다. 표면적으로 봤을 때 엘레나는 릴라보다 모든 면에서 뛰어난 행보를 보이지만, 스스로는 만족하지 못한다. 그녀 곁에는 '릴라'라는 거물이 존재하기에 그녀의 삶은 복잡하다. 엘레나는 평생 릴라를 좇으면서도 릴라가 사라지길 바라고, 릴라에게서 벗어나길 바라면서 릴라를 끊임없이 찾는다.

사랑은 언제나 증오를 동반해. 나는 선의에 집중할 수가 없어. 그럴 능력이 없어. 올리비에로 선생님이 옳았어. 나라는 사람은 못돼먹었어. 우정도 제대로 지키지 못하지. (중략) 나 때문에 기분이 상하거나 내가 안 좋은 말을 하면 귀를 막아버려. 내가 하고 싶어서 그러는 게 아니야. 제발 부탁이니 지금 나를 떠나지 말아줘. 네가 떠나버리면 나는 추락하고 말 거야.

자기 안의 악마성을 고백하지만 릴라는 사실 나폴리에서 살아가는 동네 사람들의 삶을 돌보고 정의를 위해 솔선수범하는 인물이기도 하다. 릴라는 의외로 욕심이 없고, 먼 곳까지 내다본다. 악하지만 악하지 않다. 릴라를 동경하고 사랑하면서도 견제하는 엘레나는 둘의 우정을 기록하는 '작가(화자)'로서, 관계의 심연을 들여다보려 시도한다.

사람들 사이의 깊은 관계 속에는 수많은 덫이 있고 관계를 오랫동안 지속하려면 그 덫을 피하는 법을 배워야 한다.

이 소설은 두 여인의 60년에 걸친 우정뿐 아니라 그들을 둘러싼 나폴리의 정치와 문화, 역사의식, 세계의 흐름 등을 담아내고 있다는 점에서 대하소설이며 통속소설이다. 통속소설이라고 이 소설을 폄하하려는 게 아니다. 책을 읽는 내내 머릿속을 지배하는 질문은 '통속은 문학을 통해 어떻게 통속에서 벗어나는가'였다. 삶을 과장하거나 치장하지 않고, 작가의 상상력으로 이야기를 밀도 있게 그리는 것이 관건일까? 작가 역시 이에 대한 고민을 했는지, 소설에 이런 대목이 나온다.

> 내가 그럴 때마다 릴라는 고통스러울지라도 기어코 내 책이 형편없다는 말을 하고야 말았다. 무질서함까지 고스란히 담아 현실을 있는 그대로 들려주든지 아니면 상상력을 발휘해 이야기의 가닥을 새로 만들어내야 한다고 했다. 나는 첫번째도 두번째도 제대로 해내지 못했다.

책 속에서 엘레나는 자신의 작품이 실패했다고 말하지만, 이 글을 쓴 작가 엘레나 페란테는 실패하지 않았다. 나는 그녀가 "첫번째도, 두번째도" 솜씨 있게 섞어, 잘 해냈다고 본다.

소설을 읽는 일은 이야기의 결론을 향해 나아가는 일이다. 그러나 소설 안에 빠져 있다보면 우리가 결론을 향해 가기 위해 소설을 읽는 게 아니라, 이야기 안에 좀더 제대로 머무르기 위해 가고 있다는 생각이 든다. 끝을 보기 위해 소설을 읽는 자가 있을까? 물론 끝까지 읽고 나서, 세계를 빠져나올 때 손에 쥐는 충만함은 중요하다. 그러나 어떤 소설은 이야기의 마지막에서도 한복판에 서 있는 기분이 든다. 마무리가 아니라, 한창때인 어느 지점에서 커튼을 내리는 고요 같은 것. 화자인 엘레나는 소설 끝자락에 이렇게 말한다.

이 모든 것은 오직 그리고 영원히 우리 둘만의 문제일 것이다.

답을 손에 쥔 건 아니지만, 질문이 가벼워졌다. 질문이란 아둔하다. 질문하는 자가 정말 답을 원해서 하는 질문은 많지 않기 때문일까. 세상에 정답을 가진 질문이 많지 않기 때문일까.

매혹적인 두 권의 미술책

미술책을 펼칠 때 우리는 무엇을 기대하는가? 이문정의『혐오와 매혹 사이』는 '불편한 미술'에 주목한다. 혐오와 매혹의 경계에 놓인 작품을 소개하며 "왜 현대미술은 불편함에 끌리는"지, 끔찍한 것도 미술이 될 수 있는지 근본적인 물음을 던진다. 사람들은 대개 '균형과 조화'가 어우러진 작품을 아름답다고 생각한다. 하지만 어떤 작가들은 일부러 균형과 조화를 깨고, '시선

이문정,
『혐오와 매혹 사이』,
동녘

윤난지,
『한국 현대미술의 정체』,
한길사

을 잡아둘 만한 불편한 사건'으로서 오브제에 관심을 갖는다. 그들은 단지 우리를 불편하게 하고 충격에 빠뜨리길 원하는 걸까? 작가 채프먼은 이렇게 말한다. "우리의 작품은 결코 충격을 주기 위해 만든 것이 아니다. 예술가는 더이상 작업실에 갇혀 물감 범벅이 된 채 괴로워하는 사람이 아니라 효율적으로 비판하는 사람이라 생각한다." 진실은 때로 불편한 그릇에 담긴다. 예술가는 '효율적 비판'을 위해 투박하거나 거친 그릇, 때로 혐오스러운 그릇을 선택해 메시지를 담을 수도 있다.

　이 책은 폭력, 죽음, 질병, 피, 배설물, 섹스, 괴물이라는 일곱 가지 장으로 나뉜다. 미술계에서 파격적인 행보를 보여준 문제적 작가들의 작품을 다루면서 불편하지만 시선을 뗄 수 없게 만드는 생생한 도판 70여 점을 소개한다. 우리에겐 다소 생소한 작가들의 기상천외한 작품들도 많은데, 매혹과 혐오가 공존하는 이미지들을 들여다보는 재미가 있다. 한사코 사물의 이면을 들여다보려는 작가들의 시도 때문일까? 관습적 아름다움을 따르는 작품은 쉬이 질리지만 현실을 전복하는 작품은 질리지 않는다. 현대미술은 우리가 당연하게 여겨온 것에 이의를 제기한다. 예술 가치가 없다고 생각하던 이미지를 비틀어, 거기에서 새로운 의미를 찾아낸다. 다이아몬드로 해골을 장식한 데미언 허스트, 피로 두상을 만든 마크 퀸, 쇠고기로 드레스를 만든 야나 스테르박, 질에서 월경 혈이 묻은 탐폰을 꺼내는 사진을 제작한 주디 시카고 등이 그렇다. 저자는 '금기와 혐오'에 관한 사회 관습과 오래된 규칙에 대해 생각해보게 한다. 특히 여성에 관한 끈질긴 혐오 시선의 역사가 현대 작품에 어떤 영향을 끼쳤는지 얘기할 때 흥미롭다. 깊이와 전문성을 갖추고 있지만, 풍부한 이야기를 담고 있어 재미있게 읽을 수 있다.

윤난지의 『한국 현대미술의 정체』는 600쪽이 넘는 묵직한 책이다. 제목 때문에 책장을 펼치자마자 한국 현대미술의 '정체'를 찾겠다고 덤벼들어야 할 것 같지만, 꼭 그럴 필요는 없다. 저자역시 이 책을 쓰는 동기가 "한국 현대미술의 정체를 규정하려는 것"이 아니라 오히려 규정성 바깥으로 나가려는 시도이고, "매우 다양하며 유동적인 것"의 정체 찾기가 중요함을 강조한다. 그는 "한국 현대미술의 정체 찾기는 한국인으로서 살기 위한 길 중하나"라며, 한국 현대역사와 개인의 이야기들, 그들의 기억을 살핀다. 특히 주류적인 것에서 벗어난 주변과 하위의 영역을 소개하는데, '아직 안 된 것으로서의 여성'이기에 "무엇이든 될 수 있는" 가능성을 지니며 작업을 이어온 여성 미술에 주목한다. 가령 작품 활동을 "여성으로서 겪는 콤플렉스를 예술을 통해 승화시키는 일종의 굿"으로 표현한 윤석남을 여성 미술의 최전선에 있는 작가로 소개한다.

이 책은 한국 현대미술을 집약하고 개관한 의미 있는 작업이다. 모든 예술은 시대와 역사를 반영하기에 한국 현대미술의 정체를 살피고 흐름을 들여다보는 일은 우리의 과거, 현재, 미래의 모습을 보는 일이다. 책은 총 열두 개의 소제목으로 구성되어 있다. 꼭 순서대로가 아니어도 좋으니 관심이 가는 곳부터 펼쳐서, 우리 미술이 걸어온 자취를 따라 책 속에서 느린 산책을 해보길 권한다.

너무 짙은, 사랑

옛날 옛날에.

나는 작은 흑인 소녀였다. 그랬던 적이 있었다. 내게는 단 한 가지 소원이 있었고 날마다 빌었다. "푸른 눈을 갖게 해주세요." 그런 적이 있었다. 나는 곱실거리는 머리카락과 도톰한 입술, 피부색보다 까맣고 반짝이는 눈동자를 가진 흑인 소녀였다. 책 속에서. 책을 읽는 도중에 그랬다. 읽고 난 후에도, 때로 지금까지도 나는 어린 흑인 소녀로 지낸 적이 있다고 믿는다. 토니 모리

토니 모리슨, 『빌러비드』, 최인자 역, 문학동네

슨의 첫 장편소설『가장 푸른 눈』이 아니었다면 내가 어떻게 '자신에게 일어나는 모든 불행이 푸른 눈을 갖지 못해서'라고 믿는 흑인 소녀가 되어보겠는가? 잘 쓰인 작품을 통해 겪는 간접경험은 전생의 기억처럼 몸에 붙는다. 어떤 학술보고서도 할 수 없는 일을 '소설'이 해낸다. 바로 이 점이 소설의 위대한 점이다. 겪게 하는 것, 몸에 각인시키는 것!

　옛날 옛날에.
　이렇게 시작하는 것이 이야기라면 혹은 소설을 만드는 주문이라면, 토니 모리슨은 그 주문을 가장 잘 부리는 사람이다. 책을 펼치면 그녀가 그려내는 모든 옛날이 '지금'으로 둔갑하여 도착한다. 끔찍하고 다정했으며, 처참하고 아름다웠던 모든 옛날이 현재형으로 펼쳐진다. 토니 모리슨은 대부분 사랑에 대해 쓴다. 그것도 지독하고 맹렬한 사랑에 대해서만 쓴다. 책 속에서 그녀는 선언하지 않는다. 계몽하지 않고 직언하지 않는다. 가능한 우회하고, 망설이며, 은밀하게 보여준다.

　　언어란 노예, 집단 학살, 전쟁을 '못박아' 말해서는 결코 안 됩니다. 또한 그렇게 할 수 있다는 오만을 갖고자 갈망해서도 안 됩니다. 언어의 힘이란, 언어의 축복이란 바로 말로 표현할 수 없는 것에 도달하려는 데 있습니다.

- 토니 모리슨, 노벨문학상 수상 연설집, 『아버지의 여행가방』 수록

『빌러비드』는 사랑에 대한 이야기다. 1800년대 미국의 흑인 노예제도 문제, 인종 차별과 소외된 자들의 고통에 대해 그리고 있지만 기본적으로 이 소설이 이야기하는 것은 '사랑'이다. 비틀린 사랑. 가령 너무 간곡하게 돌봐서 죽어버린 나무 같은 것. 썩은 내가 진동하도록 품어서, 사랑만으로 대상을, 죽게, 만든, 한 여자에 대한 이야기다.

우선 소설의 시작 부분에 주목할 필요가 있다. 토니 모리슨의 거의 모든 소설은 첫 페이지, 특히 첫 문장이 매혹적이니까. 토니 모리슨은 음악적인 문체를 가진 작가다. 음악이 시작될 때를 생각해보라. '클라이맥스의 찬란함'을 예고하면서 동시에 숨기기 때문에 발생하는 떨림이 있다.

124번지는 한이 서린 곳이었다. 갓난아이의 독기가 집안 가득했다. 그 집 여자들은 그걸 알고 있었고 아이들도 마찬가지였다.

아름다운 시작이다. 이런 시작에는 '씨앗이 숨긴 열매'가 들어 있다. 엎드린 풀처럼 '숨죽인 미래(일어날 일들)'가 들어 있다. 일

어설 거라고, 언젠가 저 풀들이 죄다 일어나 푸르게 펄럭일 거라고 말하는 시작.

세서는 흑인을 가축처럼 부리는 농장에서 도망친 흑인 노예다. 아이 셋을 먼저 탈출시키고 임신한 몸으로 신시내티의 시어머니집으로 도망친다. 세서는 누구보다 강했다. 어떤 고통도 그녀를 완전히 꺾어놓을 순 없었다. 임신한 몸으로 백인 남자들에게 겁탈당하고, 등에 거대한 나무가 새겨질 정도로 채찍으로 맞고, 죽음에 다다를 정도로 몸을 다친 일도 그녀의 정신을 상하게 하진 못했다. 그러나 백인들이 세서와 그녀의 아이들을 잡아가려고 찾아왔을 때 그녀는 달라진다. 그녀는 저절로 불붙은 나무처럼, 타올랐다. 아이들을 노예로 만들지 않기 위해 '공격적인 방패'가 되었다. 그녀는 아이 넷을 어깨에 이고, 안고, 손으로 잡고 입으로 불러 창고 안으로 데려갔다. 그들이 오기 전에, 이제 막 기어 다니기 시작한 딸의 목을 톱으로 잘랐다. 아이의 머리를 떨어뜨리지 않으려고 피 묻은 손으로 머리통을 붙들고 있어야 했다. 그것은 귀중한 것을 지키려는 자가 보일 수 있는 최대치의 몸짓이었고, 방패가 지닌 수동성을 넘어서는 행동이었다. 세서는 아기의 묘비에 "빌러비드(Beloved, 참으로 사랑하는)"라는 단어를 새겨주었고, 그때부터 이 집은 죽은 아기의 원한이 머물게 되었다.

토니 모리슨은 빌러비드의 영혼이 그 집을 떠돌도록 두지 않고, 집 안으로 들인다. 집 안에서 세서와 여동생 덴버를 만나게 한다. 한 집에서 세 명의 여자가 서로 얘기하고 돕고 탓하고 사랑하고 아플 수 있도록, 그것을 겪어낼 수 있도록 만들었다.

후에 농장에서 알고 지냈던 폴 D가 빌러비드가 죽게 된 과정을 알고 충격을 받았을 때, 그들은 이런 대화를 나눈다.

"당신의 사랑은 너무 짙어." 이렇게 말하며, 그는 생각했다. 그녀이 날 보고 있어. 바로 내 머리 위에서 바닥 틈으로 날 내려다보고 있어.

"너무 짙다고?" 그녀는 베이비 석스의 명령 한마디에 마로니에 열매가 후드득 떨어지던 공터를 생각하며 말했다.

"사랑이 그런 거야. 그렇지 않으면 사랑이 아니지. 옅은 사랑은 사랑이 아니야."

옅은 사랑은 사랑이 아니라고, 자기 아기를 죽인 적 있는 어느 여자가 얘기한다면, 우리는 어떤 표정을 지어야 할까? 눈살이 찌푸려질 정도로 짙은, 그녀의 사랑에 압도당한 채 기울어져야 할까? 놀라운 것은 토니 모리슨이 절정에서, 슬픔을 이야기하는 방식이다. 그녀는 슬픔을 말하지 않는다. 노래한다. 음악처럼, 시처럼.

마지막으로 이 책을 읽는 도중 책을 떨어뜨린 적이 있음을 고백해야겠다. 아름답고 황홀해서 그만 책을 놓쳤다. 머리부터 발끝까지 꼼꼼히, 소름이 돋아나는 기분이었다. 10년도 더 전의 일이지만 그 순간을 기억하고 있다. 그 대목은 소설의 뒷부분에 나오는데 밝히지는 않겠다. 이 책을 읽을지도 모르는 미래의 독자에게 예의가 아니므로. 대신 그 이름을 천천히, 불러보고 싶다.

빌러비드.

다정한 주문

'이야기'를 쓸 때 저는 술래가 됩니다.
그쪽을 향해 조곤조곤, 주문을 욉니다.

운문을 쓸 땐 달아나고 싶어서.
산문을 쓸 땐 다가가고 싶어서.

둘 다 즐겁습니다.

이 글은 독자인 당신에게 다가가려고 혼자 외던, 긴 주문입니다.

이 이야기들이 당신을 옳게 찾아간다면,
저는 비로소 술래에서 벗어나겠지요.
혼자 강강술래를 추는 술래처럼, 빛날 거예요.

꾸준히 자라는 어른이 되고 싶어요.
어른도 늙는 게 아니라, 자랄 수 있다고 믿는 어른.

독자인 당신이 가장 큰 힘이 된다고 고백할게요.
진심이에요.

2019년 초여름,
박연준

인생은 이상하게 흐른다

1판 1쇄 발행	2019년 6월 20일
1판 16쇄 발행	2023년 9월 8일

지은이	박연준
그림	엄유정

책임편집	변규미
편집	이희숙 이희연
디자인	최정윤
마케팅	정민호 박치우 한민아 이민경 정경주 박진희 정유선 김수인
브랜딩	함유지 함근아 김희숙 고보미 박민재 정승민 배진성
제작	강신은 김동욱 이순호

펴낸이	이병률
펴낸곳	달 출판사
출판등록	2009년 5월 26일 제406-2009-000034호
주소	10881 경기도 파주시 회동길 455-3

✉ dal@munhak.com
🐦ⓕ🅾 dalpublishers

전화번호	031-8071-8683(편집)
	031-955-8890(마케팅)
팩스	031-8071-8672

ISBN 979-11-5816-096-8 03810